EDIFICAR

UNIVERSOS

Mykatila Araujo

Mi Secreto

Experiencias vividas en lo espiritual

europa
ediciones

© 2025 **Europa Ediciones** | Madrid

www.grupoeditorialeuropa.es

ISBN 9791256961146

I edición: agosto del 2025

Distribuidor para las librerías: **CAL Málaga S.L.**

Impreso para Italia por *Rotomail Italia S.p.A. - Vignate (MI)*

Stampato in Italia presso *Rotomail Italia S.p.A. - Vignate (MI)*

Mi Secreto

Quisiera agradecer a Dios por permitirme publicar mi primer libro, ya que es un gran logro para alguien que no creía mucho en sí misma. Gracias a esta gran experiencia con el Espíritu Santo, pude ver nuevos horizontes sobre quién soy, para así, transmitir a otras personas que pueden estar pasando por lo mismo.

Agradezco a mi familia, que vitoreó este logro, a mis hermanos, Felipe Maxwell y Áquila Micael, que siguieron de cerca el desarrollo de este libro, los amo mucho. Agradezco también a mi esposo, que fue testigo de las noches que estuve despierta escribiendo, y a mis amigos que fueron parte de este trabajo. Muchas gracias por ser parte de mi historia.

Índice

Capítulo 1

Donde todo comienza

Nunca imaginé que un día estaría escribiendo sobre mi secreto, además de ser mi historia, son momentos muy intensos y notables en mi vida, sin embargo, después de ser tocada por el Espíritu Santo, decidí escribir. Mi intención aquí es ayudarte a entender quién es ese Dios del que tanto hablamos, pero lo hago desde mi punto de vista no religioso, sino racional, sumando experiencias vividas a lo largo de mi camino con Él. Espero que, al final de este libro, puedas haber comprendido un poco más sobre ese ser superior a ti y a mí que, con nuestras fallas y defectos, está completamente enamorado de nosotros. Aprovecha lo más que puedas y buena lectura.

Soy cristiana desde hace años y siempre tuve una pasión que no lograba explicar, solo sé que, cada vez que entro en la presencia de Dios, no quiero salir, y me gustaría mucho contagiar esa llama latente dentro de mí a todos a mi alrededor, para que puedan sentir y entender lo que siento cuando hablo de Él.

Me di cuenta, a lo largo de la vida, que muchas personas que estaban en la iglesia no podían seguir la vida cristiana fuera de ella, y eso me incomodaba demasiado, pues me di cuenta que, aún no habían entendido y comprendido acerca de la intimidad con Dios. Algunas personas que se hacían llamar cristianas han llegado a mí con comportamientos iguales a los de aquellos que no ejercen la misma fe, como agentes disfrazados, o sea, el famoso "creyente 007", lo descubres sólo cuando te lo revela. Entonces, hago la siguiente pregunta: ¿Cuál es la diferencia de ser cristiano? ¿Sólo ser parte de un grupo distinto de religión o dejarse llevar por el sentimiento de decir: ¿yo me siento mejor aquí, que allá?

Muchas veces escuché la siguiente frase: ¡*Voy a la iglesia porque aprendí que tengo que ir*!

Esa frase refleja mucho la ausencia de un contacto directo con Dios, ya que solamente ir por ir, no es válido para Él. Eso apenas se convirtió sólo en un ritual.

Para mí, vivir para Cristo es algo mucho más intenso de lo que te puedas imaginar, pues la visión que tengo de Él es de una familia espiritual. Si yo te preguntara: *Tú que amas a tu padre siendo hijo(a) de él, ¿harías todo lo contrario de lo que te enseñó que era correcto? O ¿Harías algo que no le agrade?* No lo creo, pues es así que yo, Priscila Mykatila, veo a Dios en mi vida. Él no es una mera religión, es mi Padre, mi Salvador, el Dios que soñó conmigo y que siempre me cuida mientras estoy en esta tierra. Me veo como *la niña de sus ojos*, esto puede sonar arrogante de mi parte, pero, la verdad es así como me veo y, por lo que investigué, la forma en la que te veas revela mucho de tu identidad, no lo digo para enaltecerme, al contrario, siempre he aprendido que soy igual a todo ser humano. Y precisamente por eso quiero mostrarte que tú también puedes ser *La niña de los ojos de Dios.*

Sin embargo, para llegar a este punto, viví varias experiencias, algunas de las cuales te contaré a lo largo de este libro.

Nacida en un hogar cristiano, me enseñaron e integraron a todos los rituales de la iglesia evangélica, como diezmar y ser partícipe de los cultos. Yo siempre estaba en la iglesia con alegría en mi corazón, participaba en los departamentos de danza, teatro, adoración, y me encantaba estar ahí. Me sentía muy bien. Cuando niña, estás verdaderamente involucrado. Debido a que esas enseñanzas ya eran tan comunes en mi día a día, las practicaba inconscientemente, pues se habían convertido en un hábito.

Con el paso de los años, cuando crecemos y llega la adolescencia, los ojos se abren a nuevas experiencias: citas, amistades, deseos, sueños, etc. Volviéndose peligroso y hasta arriesgado perder la pureza interna de la infancia, así como la sensibilidad del Espíritu Santo, por querer las mismas cosas materiales que todas las personas de tu edad tienen o desean. En esa etapa comencé a ir a la iglesia, a veces, sin ganas, ya que mi cabeza entró en una fase confusa, no quería estar ahí todo el tiempo, como de costumbre, pero algo me decía que debía. Entonces, muchas veces sin ganas, ahí estaba, otras veces mi papá me obligaba, pero hoy agradezco mucho a Dios por haber recibido esta enseñanza aún como obligación, porque en la juventud, no tenemos mucha noción de lo que es la vida. Por eso es importante tener, por medio de nuestros padres o familiares, una orientación para las enseñanzas correctas, ayudándonos a madurar.

Pasé por varias situaciones que cualquier adolescente de mi edad actualmente atraviesa o atravesará. La separación de mis padres fue una de ellas, la cual me dejó confundida conmigo misma y queriendo saber quién era y para qué nací. Esas eran preguntas constantes en mi cabeza. A las cuales, a continuación, tendría que buscar respuesta.

Cuando era niña, alrededor de los 8 años, una escena nunca más salió de mi cabeza, el día en que la danza se cruzó en mi camino. Mis padres me llevaron a un ensayo de danza en la iglesia y me presentaron a la profesora que me invitó a ser parte del grupo – ese, para mí, fue un momento inolvidable.

En esa época, no tenía muchas herramientas para investigar sobre la danza, ya que no había internet en mi casa, y mi papá no tenía los recursos para inscribirme a clases de ballet. Sin embargo, siendo pequeña, encontré una forma de mejorar mis movimientos durante los ensayos, encontré un canal de televisión donde transmitían presentaciones de baile, como ballet clásico y otros géneros, pero sólo lo transmitían muy tarde por la noche. Así que, varias veces, les pedía a mis padres quedarme despierta para ver y aprender los movimientos, intentando después hacerlos muy bien en la iglesia.

Me apasionó tanto ese nuevo universo de la danza, que busqué que todo saliera bien. Viendo las presentaciones en televisión, permanecía atenta a cada movimiento para hacerlo lo mejor posible. En cada ensayo, sentía la música correr entre mis venas, cerraba los ojos y siempre me imaginaba en un escenario con luces, bailando para Dios. Hice varias presentaciones en la iglesia a la que iba siendo niña y agradezco a Dios por cada momento que viví en ella, ya que me dio los primeros pasos para un universo espiritual en el cual había mucho por descubrir.

Alrededor de los casi 12 años, mis papás no iban a la iglesia. Yo encontré una más o menos cerca de donde vivíamos y decidí congregarme. Con el poco tiempo que estuve ahí, decidí unirme al grupo de danza de la iglesia. En los ensayos, me di cuenta que la líder era muy exigente y no aceptaba descuidos en el grupo. Para ella, una presentación debía estar bien ejecutada y limpia, (*limpia en el sentido de una buena terminación en los movimientos y por supuesto con buena interpretación*). Y, como toda persona exigente, los ensayos solamente terminaban cuando todas habían terminado perfectamente los movimientos. Ahí descubrí que todo lo que había aprendido viendo aquellos bailes en televisión y en las presentaciones hechas en la iglesia anterior, apenas era lo básico.

Recibía tantas quejas por mis movimientos, que, muchas veces, salí llorando de los ensayos, pero ellas nunca supieron eso, hasta ahora. No me conformaba con la falta de sincronía que aún tenía. Entonces, intenté, muchas veces, dar mi mayor esfuerzo, pero sólo recibía quejas, nada de lo que hacía estaba bien. Decidí, entonces, observar los pasos de otras chicas que mostraban sus movimientos a la líder. Salía de un ensayo de 4 horas pensando solamente en danza y, principalmente, en tratar de mejorar. Los ensayos eran de 3 a 4 veces por semana. Le pedí mucho a Dios que me mostrara y me capacitara para dar un buen resultado a mi líder.

Decidí, entonces, ensayar en casa delante al espejo. A veces hasta en el baño estaba girando, y mi madre me gritaba: *Niña, cierra la ducha y sal del baño*. Tenía tantas ganas de hacerlo bien, que muchas veces, cualquier tiempo libre lo usaba para bailar. Repetía y repetía hasta sentir que estaba bien, aunque para mí nunca lo estaba. Comencé a crear movimientos que pudiera aprender con facilidad, con el fin de mejorar, y fue entonces cuando decidí crear mis propias coreografías, pero sin que nadie supiera. De esta forma, terminé descubriendo el mejor momento mágico de mi vida. Hice una selección de las canciones que me tocaban en lo más profundo, que me llegaban al alma, reflexioné la letra, sentí la música y, con los ojos cerrados, logré imaginar todos los pasos para comenzar la danza, fue mi momento en el mundo entero.

Cuando llegaba el día de las presentaciones, parecía una loca de lo ansiosa y angustiada que estaba, ya que tenía que arreglarme el cabello, planchar la ropa, maquillarme: "Aprendí a disfrutar del maquillaje después de convivir con ese grupo" ya que, hasta ese momento, para mí no hacía ninguna diferencia. Todo debía estar perfecto en poco tiempo, ya que, como dije, mi líder era muy exigente. Sentía un hueco en el estómago en esos días, la ansiedad por los cielos, parecía que, en ese momento, se me saldría el corazón por la boca. Tenía la sensación de que iba a olvidar, en tan solo unos segundos, todo lo que me tomó horas aprender. Aparte del miedo a equivocarme o caer de la nada. Todo pasaba por mi cabeza. Era una locura. Varias presentaciones salían excepcionales, pero en otras hubo errores. Esos días recibíamos un gran regaño por la falta de atención durante la presentación.

Caí en medio de una presentación y para intentar resolverlo, improvisé algunos pasos, dando continuidad e integrándome a la secuencia, ni yo sé cómo logré hacerlo, pero creo que funcionó.

Con el tiempo, me fui dedicando tanto a aquellos momentos en particular, en los cuales creaba mis propias coreografías, hasta que se volvió parte de mí, pero nadie lo sabía. Hasta que, un día, mi líder se quedó sin ideas para crear nuevos movimientos. Entonces, fue mi oportunidad de demostrar lo que sabía. Cuando ella notó mis movimientos e ideas de pasos, simplemente le gustaron y de ahí en adelante, comenzó a pedirme ideas para complementar los bailes. Después me pidió llevar coreografías listas para montarlas con el grupo y presentarlas.

Lo más gracioso es que nunca logré ser bailarina. Al ver todo eso me doy cuenta de lo importante que fue para mí permitir que el Espíritu Santo me capacitara, para hacer las cosas sin una formación en ballet. Todo porque decidí pedirle ayuda y me dispuse a aprender de verdad, así que, todo salió bien. Tengo maravillosos momentos y experiencias en mi memoria de aquellos días.

En mi adolescencia, iba a una iglesia donde el ministerio de alabanza se estaba organizando para grabar su primer CD en vivo, y las letras de las canciones eran escritas por el hijo del pastor de la iglesia. Me uní a algunos ensayos y me parecía que todo iba de maravilla. Encantada con todo, desee fervientemente escribir mis propias canciones. En ese entonces tenía entre 12 y 13 años y me sentí capaz de escribir algunas letras. Mirando ahora todo eso, digo: qué osadía la mía pensar de esa forma, siendo una niña, con todo ese coraje. Sólo puedo decir que esa audacia proviene del Espíritu Santo.

Cuando terminé de escribir mi primera canción, fui corriendo a mostrársela al pastor de aquella iglesia, ya que quería ser parte de aquel mundo musical. Él recibió mi papel y comenzó a leer, mientras tanto mi ansiedad me dejaba a la espera de una respuesta. Al terminar de leer, me miró. ¿Adivina qué dijo? *"Esto no es una letra musical, no tienes esa capacidad, es mejor que pares con eso"*. Me entregó el papel y se fue. Aquello fue un shock para mí, no esperaba esa respuesta.

Salí cabizbaja, miré el papel y las lágrimas comenzaron a caer. Estuve muy mal ese día.

¿Alguna vez te has detenido a reflexionar cuán fuertes son las palabras que se dicen sin pensar? Necesitamos tener sabiduría en lo que decimos a los demás. La palabra de Dios nos enseña:

"Si alguno de vosotros tiene falta de sabiduría, pídala a Dios, que da a todos libremente y de buena voluntad; y le será concedida." Santiago 1;5

Después de algunos días, miré la hoja donde estaba la canción y, con mucha osadía, me dije a mí misma: Yo soy capaz y voy a seguir escribiendo hasta encontrar la forma correcta de crear esas canciones. Esas palabras fueron dichas con tanta convicción que decidí enfrentar el desafío de componer.

Después de ese periodo, adquirí una guitarra y decidí aprender algunas notas. Entré a mi cuarto con la guitarra y comencé a sentir la melodía para crear las letras. El sonido de cada nota era divino para mí, aunque no tocaba bien, pero en cada toque parecía que el Espíritu Santo invadía aquel lugar y la inspiración de las letras fluían como ríos que escurrían dentro de mí. No cantaba muy bien y al mismo tiempo pensaba: *qué bueno que a Dios no le importa si canto bien, pues Él sólo quiere que esté dispuesta a que me escuche cantar.*

De ahí en adelante, escribí varias canciones, eso terminó convirtiéndose en un hobby por algún tiempo, ya que por medio de ellas sentía a Dios cerquita de mí, en mi lugar secreto. Claro que no fue rápido y fácil, al contrario, fue un proceso lento en el cual tuve que equivocarme varias veces hasta hacerlo bien. A partir de ahí, la habilidad te permite percibir con mayor certeza lo que quieres desarrollar. Me dio mucho orgullo haberlas escrito a pesar de aquel pastor, que, sin sabiduría, me había dicho esas palabras desmotivadoras. Mis canciones llegaron a ser cantadas en algunas iglesias, en alabanzas y adoraciones a los domingos. Les cuento eso no para demostrar mi talento, sino para saber que, cuando no nos rendimos y seguimos adelante, el espíritu de Dios nos impulsa a crecer haciéndonos mejorar en lo que somos capaces, e ir más allá de lo que creemos. Si en verdad enfocas tus habilidades, al final de las pruebas que impone la vida, descubrirás una capacidad y fuerza que creías no tener, y lo descubrirás después de superar tus propios miedos y retos.

Los años fueron pasando y varias cosas sucedieron. Mi vida no fue un mar de rosas. Tuve altibajos como toda persona. Pasé por situaciones muy difíciles que me afectaron, principalmente, en lo emocional, deseando varias veces escapar, huir, desaparecer del mapa, pues lidiar con personas que no saben manejar sus propios sentimientos y te tiran todo encima, no es fácil. Es normal que todo ser humano tenga días malos. Sin embargo, tenerlos diario –creo– se vuelve parte de la persona. Siempre existirán esas personas, pero cuando eres joven se convierte en un tormento sin fin.

Cuando viví esos momentos, mi reacción fue colapsar en mi habitación y llorar hasta no tener fuerza. Le preguntaba a Dios: ¿Por qué tengo que pasar por estas situaciones tan malas y dolorosas? ¿No soy tu hija? ¿Por qué conmigo? Muchas veces no tenía respuestas, parecía que no existía Dios en esos momentos. Recuerdo que después de mucho tiempo de que mis lágrimas reposaran en la almohada, sentía una renovación intensa, que aliviaba mi dolor. Descubrí que esos momentos me limpiaban el alma. No fue fácil para mí lo que tuve que enfrentar en la vida. De haber tomado la decisión de entrar a mi cuarto para contarle todo lo que guardaba dentro de mí, tal vez no estaría aquí escribiendo acerca de eso, pues habría tomado malas decisiones que me llevarían a perder la propia vida.

"Batallas, todos tenemos, enfrentarlas es lo que hace la diferencia, pues fueron esas batallas las que me hicieron fuerte. Hoy sé que no estaba sola en aquella habitación, porque el Espíritu Santo estaba ahí cuidándome. Haciéndome más fuerte cada día."

Cuando somos jóvenes, vemos el mundo como un gigante al que no podemos enfrentar. Todos son mayores y no nos sentimos capaces de soportar ciertas cosas, pero aprendí que no vencemos a un gigante al primer intento –es poco a poco. La Biblia dice:" *Por tanto, no os preocupéis por el día de mañana, que el día de mañana se preocupará de sí mismo. Bástele a cada día sus propios problemas.".* Mateo 6:34

Sabemos que, todos los días, tenemos situaciones difíciles que enfrentar, la vida es y será así hasta el último día. Eso es necesario para el ser humano, no para perturbarnos ni renunciar a nosotros mismos, sino para superarnos y descubrir nuestras capacidades.

Eso comprueba lo importante que es valorar los pequeños detalles de la vida, porque una simple palabra dicha en el momento erróneo perjudica tu día, desencadenando sesiones secuenciadas y desastrosas en tu vida, y provocando un gran desgaste emocional, del cual, podrá tomar días, meses o hasta años, recuperar el equilibrio.

Es un hecho que siempre habrá momentos en los cuales las personas causarán problemas. Estos problemas se pueden evitar con la toma de decisiones correcta, pudiendo evitar inconvenientes futuros, ya que tú tienes el control de tus acciones.

En cuanto a las acciones de los demás, evita los problemas que estén a tu alcance y tendrás más éxito en llevar una vida equilibrada con una mente libre, dando espacio a tus sueños y proyectos de vida.

"Para no entrar en una crisis de depresión, o locura, necesitamos tener una mente equilibrada en cuanto a nuestras elecciones de comer, vestir, hacer, oír, hablar, mantener e incluso elegir amistades, ya que ellas son esenciales para el resultado que obtendremos al final de la vida."

Para mí, la Biblia podría ser llamada: *Manual de la vida*, ya que todo lo que buscamos en los libros –por ejemplo, de autoayuda y en otros– lo encontramos en ella, sólo no le prestamos atención porque lo vemos como un libro común, que llevamos a la iglesia en el celular o "debajo del brazo". Esa percepción nos hace pensar que nunca tendrá algún efecto en nuestras vidas, pero sí en la de los demás, ya que, por sentirnos inferiores, no percibimos el gran oro que tenemos en las manos por gracia, el cual puede revelarnos mucho de nosotros mismos.

Ella es la fuente de todo lo que buscamos en la tierra y, cuando digo todo, es todo, en lo profesional, sentimental, familiar y en cualquier otra área de la vida.

Ejemplo de área profesional: "Todo lo que hagáis, hacedlo de corazón, como para el Señor y no para los hombres." Colosenses 3:23

Profesionalismo: "Si alguien te obliga a caminar con él una milla, ve con él dos." Mateo 5:41

Esos versículos nos revelan que, en todo trabajo puesto entre manos, es necesario dar lo mejor, teniendo como objetivo no el resultado del salario a fin de mes, sino recordando que Dios te abrió una puerta y tu retribución al Señor es exaltar su nombre. Al hacerlo recibirás beneficios y serás promovido por enfatizar lo que haces, teniendo entonces la atención de quien te contrató, por presentar un trabajo hecho con precisión.

Cuando observamos la Biblia de cerca y con mucha atención, logramos ver que todo lo que buscábamos está, de hecho, en esas palabras escritas hace millones de años y que simplemente no veíamos porque nunca se nos presentó de manera coherente.

En el terreno sentimental, tenemos versículos, como el siguiente: *Sobre todo lo que hay que guardar, guarda tu corazón, porque de él brotan las fuentes de la vida. Proverbios 4:23.* Nos revela que debemos ser conscientes de lo que elegimos amar, ya que la pasión por algo o alguien comienza en los pensamientos y termina teniendo vida, materializándose.

Todo lo que pensamos y que involucra sentimientos siempre acaba en algo concreto, por ejemplo: un joven soltero acaba de conocer a una chica soltera que atrajo su mirada, le encantó de tal forma que le hizo desear que ella fuera su novia a futuro. Entonces, automáticamente, él inicia el proceso de cómo conquistarla para que su pensamiento se haga realidad.

Así, él iniciará el proceso de conocerse, intercambiar ideas e historias, para dar inicio a un vínculo entre ellos. Si es una decisión incorrecta –en el sentido de que no tengan una buena relación por desacuerdos de ideas, proyectos, sueños o incluso familiares– y, aun así, deciden seguir adelante con la relación, podrán surgir grandes problemas, inmediatos o a largo plazo. Dependerá si la persona logra percibir si esa decisión le hará bien o mal. Por eso, es extremadamente importante analizar muy bien antes de enamorarse y entregar el corazón a alguien.

La Biblia está llena de buenos consejos y fue, por medio de ellos, que mis elecciones, a menudo, no estaban equivocadas. Tuve que reservar mucho tiempo con Dios, para obtener sabiduría, para no equivocarme y les garantizo que no fue tiempo perdido, valió mucho la pena. Claro que muchas ocasiones he decidido por cuenta propia y, créeme, me arrepiento mucho de no haber escuchado mucho más de sus consejos para mí.

La Biblia tiene ejemplos y consejos únicos, pero, para llegar a entenderlos y descubrir que ella es el mismo Dios hablando, me llevó un largo tiempo. De hecho, pasé por una etapa de mi vida que no lo veía así. Tardé un poco en comprenderlo, porque no era una persona que leyera mucho, principalmente la Biblia. Sólo leía algunos versículos aquí y otros allá para intentar crear una costumbre, por eso pensaba que era mejor prestar atención a los predicadores y seguir lo que ellos explicaban, ya que no comprendía muchas cosas. Ni me daba a la tarea de leer la Biblia, creía que sólo escuchando las explicaciones y tratando de practicar las enseñanzas estaba en sintonía con Dios. Pero no del todo. Siempre fui fanática de la música, y era ella lo que me acercaba más a la presencia de Dios. Era más cómodo y así iba llevando mi religión en el pecho, viendo todo perfecto –estoy en la iglesia, no robo, no mato, sigo todos los rituales, soy hija de Dios. Estoy a salvo y todo está bien. ¡Siento el Espíritu Santo en mi vida, entonces está todo bien! Soy siempre tocada por Dios en las prédicas. Está todo bajo control. Era así como pensaba. Estaba totalmente equivocada. Por falta de conocimiento pasé años de mi vida como el hijo pródigo perdido en la casa de su padre. Cobré de Dios varias veces. Muchas veces me quejaba diciendo: *¿Por qué fulano(a) consiguió lo que tanto soñaba y yo no, si estoy en la iglesia y hago todo bien? ¿No merezco recibir?*

De hecho, Él no quería una relación interesada y fue de esa forma que actué varias veces. Sin conocimiento, hacemos cosas buenas de forma incorrecta. Quien tenía que cobrarme algo era Él, pero nunca me cobró, al contrario, con toda ternura y amor me fue moldeando y enseñando que estar cerca de Él valía más que todo el oro del mundo. Pero al final, ¿quién es ese Dios? Eso era sólo el comienzo de mi viaje.

Capítulo 2

Compartiendo experiencias

Alrededor de los 12 años, cuando era adolescente, viví momentos espectaculares con el Espíritu Santo. Me acuerdo de una escuela a la que iba, en la cual conocí a una gran amiga llamada Talita Jessica. Ella no era evangélica y me contó que a su papá no le gustaba mucho de las personas religiosas, además, ella tampoco tenía mucho interés en serlo. Recuerdo una vez que Talita volteó a verme mientras hacíamos el ejercicio de la clase y me dijo lo siguiente: *Siento una paz tan grande cuando estoy cerca de ti, no puedo explicarlo.* Yo simplemente sonreí, no sabía qué decir. Nos hicimos amigas y a medida que pasaban los días, nuestra amistad crecía más y más. Comenzó a hablarme de sus problemas y poco a poco decidió aceptar a Cristo y ser evangélica. Al decidirlo, le aconsejé que fuera a una iglesia cerca de su casa. En esa época, ella comenzó a tener experiencias increíbles con Dios después de entrar a la iglesia. A partir de ese día, empezamos a hablar de su nueva etapa con Dios más que de otra cosa.

Después de un tiempo, un día, decidimos juntar un grupo de la escuela para presentar una coreografía en el colegio. Organizamos el primer ensayo de danza en casa de una compañera. Salimos más temprano, ya que no habría clase, al llegar a la casa de la niña, esperamos a que llegaran los demás para el ensayo. Estuvimos esperando, pero nadie llegó, pasaron algunos minutos más y comenzamos a platicar.

Terminamos entrando en la presencia de Dios, fue algo tan fuerte que no podía explicar. Talita de repente se llenó tanto del Espíritu Santo que entró en un estado espiritual profundo, lo que hizo que comenzara a hablar en lenguas espirituales. En aquel momento, Dios me habló y me pidió darle un mensaje, y eso fue lo que hice. En seguida, ella vino hacia mí para orar, cerré los ojos y, en el momento exacto en el que ella puso las manos sobre mi cabeza, recibí un impacto muy fuerte junto con un destello de luz directo hacia mí –como mirar el sol a mediodía. En ese momento, fui arrojada al piso y me quedé ahí por casi una hora, no veía ni sentía nada, solamente una sensación de paz y renovación. Después de despertarme, me levanté, y Talita me contó que, justo antes de poner la mano sobre mí, fui llevada al piso. Fue algo impactante, nunca olvidé aquel día.

Tiempo después, nos reunimos en la escuela y decidimos montar una coreografía basada en la historia de vida de Talita. Reunimos a los compañeros de la escuela y la presentamos en el salón de clases, no recuerdo muy bien cómo la desarrollamos, pero sé que fue tan impactante que, al final de la presentación, una amiga me llamó para decirme que algunos profesores de otros grupos querían que la presentáramos en sus clases. Ese deseo surgió porque la coreografía presentada provocó una reflexión, lo que hizo que los profesores quisieran que la compartiéramos. Después de la conversación, hablé con el grupo y la presentamos también en otras clases. Eso repercutió en toda la escuela y llamó la atención de la directora, que nos pidió presentar una gran danza en la feria cultural para el colegio entero. Me quedé sin palabras y muy feliz por la invitación. Sólo podía agradecer a Dios tal oportunidad, aquello era mucho para mí.

Antes de que se llevara a cabo ese gran evento, fui invitada por Talita a la iglesia a la que ella asistía, para ayudarla a montar una coreografía. Al llegar, vi que ella había invitado a jóvenes que no eran de la misma fe para presentar la obra que haríamos en la escuela. Comenzamos los ensayos –las reuniones se hacían en su iglesia. No fue nada fácil al principio, ya que fue necesario explicar algunas de las referencias bíblicas que esos jóvenes no conocían, nos fuimos ajustando y fuimos avanzando. Siempre comenzábamos los ensayos con oraciones, ya que algo que siempre teníamos en mente era que lo que fuéramos a hacer siempre teníamos que presentarlo a Dios como reverencia. Poco a poco fueron surgiendo mejoras en el grupo. Noté que, en cada ensayo, ellos se presentaban con tal intensidad que comenzábamos a sorprendernos, ya que ninguno de ellos había tenido un contacto profundo de la palabra de Dios antes. Lo más curioso de esta historia viene ahora, ya que un día antes de la presentación, cuando estábamos por comenzar la oración agradeciendo por todos los ensayos y por la presencia de todos los que se esforzaron, decidimos preguntarles si a alguien le gustaría aceptar a Cristo como su Señor y, para nuestra sorpresa, todos los jóvenes que participaron dijeron que sí. Talita y yo saltamos de alegría con tal respuesta, fue algo inesperado, ya que había una cantidad razonablemente grande de jóvenes. Para nosotros fue una experiencia emocionante, ya que nunca antes lo habíamos vivido. Esos jóvenes decidieron asistir a la iglesia de Talita, lo más impactante fue que, en su iglesia, no había jóvenes –ella era la primera. Después de ella, ellos fueron el primer grupo de jóvenes que surgió. Recuerdo que dos jóvenes de aquel grupo vinieron a nosotras para agradecernos por haberles mostrado quién era Cristo verdaderamente.

Llegó el día de presentar aquella obra en la escuela, a la que la directora nos había invitado. Fue un momento que marcó a la escuela, la directora llegó hasta mí y me agradeció por las presentaciones que dimos. Un momento que no olvidaré, pues mi objetivo era solamente divulgar la palabra de Dios y gané mucho más de lo que esperaba, sí, fue como un regalo.

Después de ese evento, terminé yendo a la iglesia de Talita, y ahí hicimos crecer el grupo de jóvenes. Con eso surgieron grupos de danza, teatro y de alabanza, la iglesia estaba muy animada, pues ahora había muchos jóvenes para ayudar. Poco a poco todos los jóvenes comenzaron a involucrarse tanto en la iglesia, que no queríamos saber de nada más. Nuestro deseo era sentir la presencia de Dios siempre, todos los días. Me ocurrió, en ese tiempo, uno de los acontecimientos más importantes en mi vida, el cual no puedo evitar citar. Un día nos reunimos y decidimos ir a la iglesia, pero no había nada en ella, estaba cerrada. Buscamos a la persona que tenía la llave para abrir. Al entrar, estaba vacía, pues todos los instrumentos y sillas siempre se guardaban después del culto, en los salones, para evitar robos. Era así porque la estructura era como la de una cancha de deportes, sin cerca eléctrica y el muro era un poco bajo.

Ahí, comenzamos a cantar y, al mismo tiempo, oramos tan intenso que muchos, como yo, caímos en el piso en presencia del Espíritu Santo. Estuvimos ahí por horas, muchos lloraban, otros pedían perdón, otros hablaban en lenguas espirituales, era algo inexplicable. Todos querían sentir aquella presencia extraordinaria que latía dentro de nosotros. Una de las cosas que percibimos fue que, todas las veces que acababan esos momentos, salíamos mejor. Sanando los dolores del alma y emocionales, estábamos más felices y agradecidos por la vida. Una renovación sobrenatural. Listos para encarar la vida con todas sus dificultades.

Muchas de las veces, nuestras reuniones eran en casa de Talita, otras veces en casa de Rafael y otras en mi casa. El objetivo era no parar, pues eran rituales y momentos únicos, los cuales eran importantes para nosotros. Recuerdo que una de esas reuniones, en casa de Rafael, marcó mi memoria *(Rafael era uno de los jóvenes que aceptó a Jesús un día antes de presentar la obra en la escuela)*. Decidimos ir a su casa porque ensayaríamos una canción, pues él tenía varios instrumentos. Rafael tenía un poco de conocimiento musical, y, por eso, decidimos ensayar las divisiones vocales con algunos instrumentos. Dábamos nuestro mayor esfuerzo, y yo notaba que Rafael se entregaba intensamente en la música. Noté en él un gran potencial para ser líder y también para otras cosas, pues era muy dedicado en todo lo que hacía.

Después de mucho ensayar, hicimos una pausa y nos quedamos hablando. Rafael, al regresar al teclado, tuvo una inspiración e hizo surgir una melodía. Rafael y yo, ahí mismo, intentábamos crear una pieza musical, pero la presencia de Dios nos tomó rápidamente y fue tan intensa que lloramos con sollozos, fue algo muy fuerte lo que nos pasó.

Algunos años atrás, antes de conocer a Talita y a todos los jóvenes, *tuve un sueño donde veía una escalera de piedra dentro de una cueva, y descendían de ella aguas cristalinas. Enseguida, veía a un chico tocando un teclado en esas escaleras. Después de tener ese sueño, algunos años más tarde, conocí a Rafael y entendí que él era el chico del sueño.* Dios ya me había advertido sobre él mucho antes de conocerlo. Cuando lo conocí por primera vez, no recordé el sueño, pero después de algún tiempo de convivir con él, el recuerdo vino a mí. Al verlo nuevamente le conté, se rio y lo encontró extraño, pensando que yo no era muy normal. Sin embargo, fue una forma de Dios de revelarme lo que iba a suceder. Siempre he tenido sueños donde Dios me avisa antes lo que va a pasar, pero yo no los controlo, por lo que nunca sé qué sucederán después.

Después de estos eventos, tuve que dejar la iglesia y congregarme en la de mi padre, ya que su iglesia estaba atravesando dificultades con el grupo de jóvenes. Así que, mi papá me pidió ayuda. Fui a aquella iglesia con pesadez en el corazón, porque amaba la iglesia en la que estaba. Pasé algunos años ahí y durante ese período, hubo varias dificultades, ante las cuales, a menudo, pensé desistir.

Sin embargo, cuando estaba en esos momentos, recordaba las palabras de mi padre, las cuales conservo hasta el día de hoy: *Mykatila es muy fácil tomar las cosas ya hechas, lo difícil es enfrentar lo que aún está en construcción.*

Gracias a esas palabras, pude comprender mucho de la vida, pues siendo joven, creía que sería aburrido estar ahí donde tendría que hacer todo desde cero con el grupo de jóvenes. Realmente para un joven siempre es así, la expectativa es llegar y ver todo listo, resuelto, para solamente disfrutar. Sin embargo, al igual que ese grupo, la vida no está resuelta. Somos nosotros quienes luchamos, y construimos, para alcanzar lo que anhelamos conquistar. Y ¿sabes qué es lo más increíble de todo eso? Es que, cuando miramos hacia atrás, vemos el esfuerzo de nuestro trabajo y nos damos cuenta que cada esfuerzo valió la pena.

Ahí tuve experiencias por medio de las cuales Dios me hizo entender mejor el propósito de vida de los jóvenes. Pasé un tiempo con ellos y después regresé a la iglesia a la que asistía antes.

Recuerdo un ministerio de jóvenes que tuvo lugar en mi iglesia anterior, cuyo tema era: *Hawaii Gospel*, el evento fue completamente de alabanza, adoración y danzas, pero sentí algo muy diferente en este día comparado a todos los eventos en los que había estado, porque, en medio de la adoración, estaba tan inmersa en la presencia de Dios que me sentí en "éxtasis". Así es, sentía que estaba anestesiada de una forma completamente diferente. Fue una experiencia única que nunca más volví a sentir hasta hoy, pero me di cuenta que, aquel día entré en otro nivel con Dios nunca antes vivido. Parecía que, por unos instantes, no escuchaba nada ni a nadie, sólo Dios y yo. En ese momento, sentí que estaba fuera de mí, fue increíble.

Esa es una de las razones por las que es importante participar en momentos de adoración a Él, porque nunca sabes cuándo Dios se manifestará, te hablará o incluso lo sentirás.

Creo que, buscar esa presencia extraordinaria Suya, es más sencillo de lo que te imaginas, el único requisito es querer. Basta querer estar con Él, porque él está a un paso de ti todos los días. En mi opinión, ir al templo no es sólo para adorar, es también para relacionarse con otras personas, aprender lo que Dios nos quiere enseñar en verdad, ya que hay momentos para estar solos, pero también juntos, pues es en la comunión que somos lapidados por el

Padre. Lo principal de todo este servicio es escuchar las palabras que fueron inspiradas por el Espíritu Santo para llegar a nuestros corazones.

Cada encuentro es una sorpresa, pues no tenemos idea de lo que nos dirá. A veces viene una palabra de motivación, otras veces palabras de exhortación, a lo que llamamos *(tirón de orejas)*. En términos populares, diría que es como un regaño que un padre da a su hijo cuando no está actuando correctamente.

Precisamente porque nos ama, muchas veces, recibimos palabras duras de nuestro Padre Celestial. ¡Y qué válidos son esos regaños! Gracias a ellos evité tomar decisiones equivocadas. No diré que es bueno escuchar regaños, pero, si estás dispuesto a cambiar con el corazón y quieres tener una vida de decisiones acertadas, vale la pena cada tirón de orejas.

Me doy cuenta que muchas personas confunden las cosas cuando se trata de *servir* y *adorar,* pero la propia Biblia nos enseña el orden de las cosas. Servir a Dios no es estar en adoración, es cuando ayudas a tu prójimo sin importar quién sea, en lo que necesita. Sobre eso, Colosenses 3:23 dice: *Y todo cuanto hagáis, hacedlo de todo corazón, como para el Señor, y no para los hombres.*

En ese caso, puedes hacer eso en cualquier lugar, no solamente en la iglesia, pero sí donde estés y con quien estés, pues, cuando se toma esa actitud, principalmente con personas que no conocen a Cristo, le agradamos mucho más por revelar así para ellos que Dios vive en nosotros, es decir, el reflejo que se revela en nuestra vida es el de Dios. Aquí un versículo al respecto:

El mayor de vosotros, sea vuestro siervo, porque todo aquél que a sí mismo se enaltece será humillado, y todo aquél que a sí mismo se humilla será enaltecido. Mateo 23:11,12

De nada sirve cumplir cabalmente todos los cultos y, al finalizar, salir y llevar una vida guiada por deseos o pensamientos.

En el momento exacto en el que decides que Dios será el Señor de tu vida, Él gobernará todo en ti. No solamente una parte, Él quiere todo. Y para eso, necesitamos renunciar a muchas cosas que hacemos o elegimos por nosotros mismos.

De hecho, una vida con Dios comienza dentro de casa y no solamente orando, o leyendo la Biblia, sino conversando con Él como si fuera el familiar más cercano, aquel a quien le contarías tus secretos más profundos, pudiendo desahogarte y contarle tu día a día. Dios no está sólo en nuestros pensamientos, Él se encuentra principalmente en nuestras acciones con el otro. Cómo nos comportamos, cómo hablamos, cómo actuamos... En esos pequeños detalles, demostramos quién nos domina – si es Dios o nuestra voluntad.

Puedo decirles que vale mucho la pena escuchar la voz del creador, pues sus palabras, de momento, pueden ser difíciles de aceptar, pero, cuando se cumplen, nos traen bonanza y resultados positivos.

3 - Porque habéis muerto y vuestra vida está escondida con Cristo en Dios.

4 - Cuando Cristo, vuestra vida, se manifieste, entonces vosotros también seréis manifestados con él en gloria. Colosenses: 3: 3,4.

31

Capítulo 3

Desafíos y prejuicios

Mi intimidad con Dios comenzó desde muy pequeña y nunca entendí por qué me encantaba estar ahí tan involucrada. Un día me pregunté: *"¿Por qué tengo este deseo tan grande dentro de mí?"* No obtuve respuesta.

El tiempo pasó, me casé y ese sentimiento quedó latente dentro de mí. Volví a ver a mi madre, después de muchos años y decidí preguntarle qué entendía y sentía sobre Dios. Entonces ella me respondió:

—*Hija mía, cuando estabas en mi vientre, te entregué a Dios y dije que serías completamente de Él y crecerías en sabiduría, grandeza y gracia.*

En ese momento, mi cabeza se aclaró a tal punto que respondió muchas de mis preguntas de la infancia. Algo tan simple y sin valor, pero si lo miras, esas tres simples palabras hicieron una gran diferencia en mi vida.

Observa con atención lo que significa cada una en el diccionario.

- *Sabiduría: cualidad, carácter de quien o del que es sabio.*

- *Grandeza: importancia, magnitud.*

- *Gracia: favor o beneficio concedido por Dios a un creyente.*

No fueron solo palabras pronunciadas, pues importa saber a quién fueron dichas. Entregar esa voluntad en manos de Dios se vuelve algo muy poderoso, no porque me haya pasado a mí, sino porque Él honra la oración de un creyente.

Date cuenta de lo importante que son las elecciones hasta las que nuestros padres hacen por nosotros. Claro, no fue solo porque ella lo dijera que se cumpliría. Sin embargo, al desear de corazón y dejarlo en manos de Dios, sus palabras se concretaron, ya que Dios, al escucharlas, en el momento oportuno, las concretaría. Soy la respuesta a la oración de mi madre y hoy tengo en mi corazón el deseo de ser respuesta a la oración de muchos que buscan entender quién es Dios y cómo salir de una vida de escasez. Mi mayor deseo es despejar la mente y comprender que vivir para Dios no es un peso, ya que muchos, por recibir información equivocada sobre Dios, terminan por no ver lo que Él verdaderamente hace con nosotros. Ser de Él y tener una vida más fácil y ligera de lo que puedas imaginar.

Para obtener esa iluminación de la palabra de Dios y realmente vivir en ella, es necesario primero desearlo con todas las fuerzas. Más que querer a alguien o que un sueño de años de espera. Tienes que buscarlo no como si estuvieras buscando una pieza perdida en tu armario, sino como si estuvieras buscando el diamante más raro del mundo, el cual está escondido en una mina, en el lugar más profundo que puedas imaginar. Así que, para tenerlo, necesitarás invertir toda tu fuerza en cavar hasta encontrarlo y, al verlo delante de tus ojos, te darás cuenta que valió la pena cada esfuerzo para obtenerlo.

No quieras a Cristo solamente por temor, sino por amor. Si lo ves como padre, verás que tienes una familia exclusiva en el cielo. Si no tuviste una referencia de padre o madre en casa, busca al Espíritu Santo, ya que él te mostrará a alguien que pueda mostrarte esa paternidad o maternidad que no tuviste. Además, si aun así no lo encuentras, hay un verso que dice así:

¿Se olvidará la mujer de lo que dio a luz, para dejar de compadecerse del hijo de su vientre? Aun cuando ella lo olvidara, yo no me olvidaré de ti. Isaías 49:15.

Aquí Él nos muestra que el amor de madre es tan fuerte que se asemeja al amor de Él, por eso es extraño olvidarlo, pues vivimos cada momento y sentimiento, y sus acciones realzan ese amor. Puede el hijo estar lejos, equivocarse y, aun así, jamás se acabará ese amor. Hay casos en los que hay rechazo de los padres. Si esto te sucedió, puedes estar seguro que el Espíritu Santo nunca te abandonará y te ayudará en todas las cosas mientras vivas. Cuando no tenemos una estructura familiar equilibrada, realmente se vuelve mucho más difícil entender el amor de Dios hacia nosotros, pero, cuando nos disponemos a quererlo, conocerlo y descubrirlo incansablemente – así como alguien que está en un desierto y busca agua para saciar su sed – encontraremos la fuente inagotable de vida para todas las áreas debilitadas. Búscalo más que cualquier otra cosa, más que ropa, profesión, relaciones, es decir, búscalo sobre cualquier cosa como si eso te costara la vida.

Entonces al ver tu insistencia, Él se mostrará y te dará todas las respuestas que tanto buscas dentro de ti.

Él tiene la respuesta a cada pregunta no resuelta. ¿Por qué no encuentro a la persona correcta para mí? ¿Por qué no soy amado(a)? ¿Por qué fui abandonado(a)? ¿Por qué me siento inútil? Y otras tantas preguntas que pasan por nuestra mente.

Nunca sentimos el impulso de buscar a Dios, eso es verdad, porque es necesario primero obtener ese deseo como una obligación, dentro de ti, ya que no surge de la noche a la mañana, sino poco a poco todos los días. El secreto es ser constante, así al cabo de un tiempo, lo que parecía una obligación se convierte en un placer inigualable. Comienza dando sólo 5 minutos de tu día, habla sobre lo que sientes, por lo que estás pasando en este preciso momento de tu vida – diario, cuéntale parte de tu historia. Después de un mes, estoy segura que Él será tu confidente para siempre. Así, aquellos 5 minutos se convertirán en conversaciones de largas horas. Sin embargo, es importante recordar que todo tiene su tiempo, como está dicho en *Eclesiastés 3:1-8*, donde nos enseña que todo tiene su tiempo determinado, y el tiempo rige todo propósito debajo del cielo.

Tiempo de nacer y tiempo de morir; tiempo de plantar, y tiempo de arrancar lo plantado;

Tiempo de matar, y tiempo de curar; tiempo de destruir, y tiempo de edificar;

Tiempo de llorar, y tiempo de reír; tiempo de endechar, y tiempo de bailar;

Tiempo de esparcir piedras, y tiempo de juntar piedras; tiempo de abrazar, y tiempo de abstenerse a abrazar;

Tiempo de buscar, y tiempo de perder; tiempo de guardar, y tiempo de desechar;

Tempo de romper, y tiempo de coser; tiempo de callar, y tiempo de hablar;

Tiempo de amar, y tiempo de aborrecer; tiempo de guerra, y tiempo de paz. Eclesiastés 3:1-8

Por estar aún en esta tierra, debemos recordar que también tenemos nuestras responsabilidades como humanos que aún somos, así que un consejo: si vas a entrar en la presencia de Dios, sé responsable con las horas. A Dios le encanta tener momentos contigo, pero Él también quiere que respetemos la ley de los hombres, así como la suya.

Si tienes algún compromiso, aprende a dividir tu tiempo. Si vas a buscar la presencia de Dios por la mañana, antes del trabajo, despierta más temprano y búscalo, pero no uses el tiempo de tu trabajo, ya que tu jefe no aceptará como razón por llegar tarde, que estabas hablando con Dios.

La mejor forma de lograr que tu jefe conozca a Dios es cumpliendo con tus responsabilidades en la empresa y respetando a quienes trabajan contigo, será tu actitud y no tus palabras lo que lo convencerá de eso.

Como mencioné en este texto, al inicio, buscar a Dios no es una tarea fácil para quien no está acostumbrado, pero la repetición lleva a la perfección, así, obtendrás la sabiduría para discernir cuándo es el Espíritu Santo quien está actuando en tu mente.

Ser guiado por el Espíritu Santo es muy simple, muchas veces, él nos habla en momentos inesperados. Les puedo explicar eso con un ejemplo: cuando ocurre alguna situación donde debes hacer algo o realizar una acción a la que no estás acostumbrado y que beneficiará a alguien, es ese el Espíritu Santo hablándote. Algunas veces, ciertas peticiones te parecerán locas, o fuera de lo común, pero todas conducen a una contribución para alguien necesitado que está fuera o dentro de tu vida. Tales acciones pueden ser pequeñas a tu alcance, o un poco fuera de lo común, causando cierto riesgo. En ese caso, es necesaria una fe audaz y profunda, así como una intimidad y confianza en Dios, porque este tipo de misiones sólo se dan a quien acepta asumir riesgos. Así, a pesar de las consecuencias, tendrás la garantía de que la fe de Dios nunca nos abandona y él igual cubrirá tu riesgo. Como dice en el versículo:

5 - Manténganse libres del amor al dinero y conténtense con lo que tienen, porque Dios ha dicho: "Nunca te dejaré, nunca te abandonaré". Hebreos 13:5

Este Dios a quien le hablo está enamorado del ser humano, su creación mejor hecha, porque fue hecha a su imagen y semejanza como dice en este versículo:

Y dijo Dios: Hagamos al hombre a nuestra imagen, conforme a nuestra semejanza. Génesis 1:26

Después de la creación, dijo: *Y vio Dios lo que había hecho, y he aquí que era bueno en gran manera.; y fue la tarde y la mañana del sexto día. Génesis 1:31*

Esto nos demuestra la pasión por su creación, no somos un mero boceto o una réplica, somos el sueño de Dios materializado, y además, fuimos hechos por sus propias manos.

Durante mi adolescencia, alrededor de los 13 casi 14 años, viví situaciones complicadas. Mi vida, en esa etapa, fue difícil como para cualquier persona de mi edad. No fue un mar de rosas, al contrario, viví momentos que no me gusta para nada recordar. Durante ese período, pasé por situaciones en las cuales había personas en mi vida con ciertos prejuicios. Escuché de todo, algo que recuerdo bien es haber sido llamada infantil porque me encantaba estar con los niños y, debido a eso, cuando tenía interés en estar con los jóvenes de mi edad o un poco más grandes, era rechazada por no tener las cualidades requeridas por el grupo. A esa edad, no veía malicia en nada, por lo que mi ingenuidad no me favorecía tanto, ya que, muchas veces, decía cosas innecesarias en momentos que no eran apropiados.

Era frustrante, porque no tenía algún amigo que me orientara sobre mi forma de hablar, así que, debido a eso, decidí cerrarme a las personas, evitando más rechazos.

A partir de ahí, cambié mi forma de comunicarme, pero, para superar lo ocurrido, tuve que juntar lo que me quedaba dentro y generar fuerza para acercarme mucho más al Espíritu Santo. Es curioso que cuando nos pasa algo malo, inmediatamente culpamos a Dios y nos distanciamos más, sin embargo, su voluntad es que nos acerquemos, para contarle nuestras penas y frustraciones. Preguntarle el porqué de todo lo que me pasa es la mejor terapia que podría tener y es gratis.

Debido al rechazo, comencé a tener otras amistades que me ayudaron a superarlo. Así, me fui acercando a algunas personas con más experiencia de vida que yo. En esa época, recibí consejos y orientación para no tomar decisiones equivocadas o precipitadas.

Hoy, veo que el rechazo de los chicos de mi edad me ayudó a buscar personas que me enseñaron a ser más madura y a ver la vida con mayor claridad. También aprendí, con los niños, a no perder la inocencia, valorar a las personas, a pesar de sus errores, y, principalmente, nunca dejar de creer en los propósitos divinos. Muchas veces no entendemos por qué las cosas nos suceden de otra manera, pero, a pesar de lamentarnos, todo es Dios queriéndonos mostrar un nuevo aprendizaje, pues es en los momentos de mayor preocupación donde necesitamos madurar. Así como es necesario exprimir una naranja para extraer su jugo, lo mismo ocurre con nosotros, porque la vida hace lo mismo.

Las cosas no mejoraron por arte de magia, ya que todo es un proceso. Muchas veces llegué a mi casa, entré en mi habitación y pregunté a Dios: *¿Por qué tengo que pasar por esto? Eso me dolió mucho, estoy cansada de ser la chica tonta de la iglesia, de la escuela donde todos dicen lo que quieren y yo me quedo callada solamente escuchando.* Y ¿sabes cuál fue la respuesta que recibí de Dios? Ninguna, en ese momento, te sientes abandonado o hasta olvidado. Pero Él nunca nos deja huérfanos, porque, en el silencio descubrí que es el Espíritu Santo quien cura nuestras heridas, pues, después desahogarte, enjuaga tus lágrimas, sientes como el silencio sano y te limpia el alma. En ese momento te da un empujón, pues te calma el pecho y, al final del tratamiento, ayuda a tu mente a fortalecerse y ponerse de pie una vez más. Las bromas continuaron, pero la diferencia fue que me blindé en ignorarlos para que no me afectaran más.

Aprendí que la oración no es pedir a Dios resolver nuestros problemas, es pedirle al especialista que nos dé la serenidad para ordenar nuestras emociones agitadas, arreglar el desorden interno, renovar fuerzas y continuar caminando.

Me tomó tiempo darme cuenta que no es la voz de Dios lo que necesitamos en esos momentos, pero sí de los dulces abrazos y la paz del Espíritu Santo. Para mí, el Espíritu Santo representa a una madre, que llora contigo cuando no soportas más ciertas situaciones, que nos apoya cuando tenemos alguna idea o proyecto y nadie nos cree, que nos empodera cuando nos creemos incapaces de hacer o alcanzar algo. Ese es para mí el Espíritu Santo de Dios. En la Biblia, tenemos la confirmación de esas palabras:

-Bienaventurados los que lloran, pues ellos serán consolados. Mateo 5:4

-Y yo rogaré al Padre, y os dará otro consolador, para que esté con vosotros para siempre. Juan 14:16

-¿No sabéis que sois templo de Dios, y que el Espíritu de Dios habita en vosotros? 1 Corintios 3:16

-Mas el fruto del Espíritu es amor, gozo, paz, paciencia, benignidad, bondad, fe. Gálatas 5:22

Todos estos versículos nos confirman que el Espíritu Santo nos cuida y nos acompaña de cerca. Son características semejantes a las de una madre, pues es ella quien nos cobra cuando estamos equivocados, que nos recuerda nuestras obligaciones desde pequeños. A partir de ahí, me di cuenta de la importancia y, principalmente, de lo esenciales que son los roles y funciones de quienes integran la familia.

Capítulo 4

Mi momento

Al llegar mi juventud, enfrenté todo este proceso de dudas, incertidumbre, inseguridades, y todo lo que esa etapa nos permite vivir. Es una etapa conflictiva sí, de altibajos, y nuestras emociones oscilan bastante. Muchas veces, perdemos un poco la dirección de nuestras elecciones porque los sentimientos están a flor de piel.

Hubo un periodo en el que trabajé con mi padre, teniendo acceso a varias personas. Gracias a eso, conversaba y escuchaba muchas historias. Siempre me gustó ser comunicativa e oyente, y eso me ayudó mucho a conocer un poco de las experiencias de vida que me contaban.

Sin embargo, hubo situaciones en las que, incluso en medio de la multitud, me sentía sola. Puede sonar cliché decir eso, pero, de hecho, varias veces, me sentía desanimada, incapaz y desmotivada. Varios factores se atribuyen a ese sentimiento de tristeza y depresión, y, en medio de todo eso, tuve que aprender a detenerme en lo positivo que encontraba en mí. En ese momento, llegué a un tema complicado, pues descubrí que no me conocía tanto.

Mirar hacia adentro e intentar ver quién eres, de hecho, es una tarea difícil para quien nunca lo ha hecho. Sin embargo, era necesario, ya que, en el fondo, sabía que, si descubriera mis habilidades y capacidades, sería más fácil encontrar mi camino. Y, ¿cómo hacerlo cuando no ves tus fortalezas después de todo lo que escuchaste de otros, e incluso de momentos decepcionantes que has vivido?

Intenté entrenar mi mente para encontrar siempre un punto positivo en medio de una mala situación, después asignaba un tiempo para conversar con Dios sobre mi día y, principalmente, sobre los pensamientos y sentimientos que tuve en medio de lo sucedido. Platicaba con Él como si lo hiciera con alguien de carne y hueso. Había momentos donde las palabras no salían, pues solamente dejaba que las lágrimas cayeran. Hubo días en los que me sentía inútil, así que me preguntaba: ¿Para qué existo? Y muchas veces el silencio de Dios reinaba.

Al principio era frustrante no obtener respuestas de Él, la sensación es que estamos solos y que no hay nadie que nos consuele, no entendía por qué callaba. Después de que la turbulencia de problemas pasa, ves que todo lo que realmente ocurrió fue sólo un momento.

Al poner en práctica todo lo que aprendes con Él, entiendes que hasta el silencio de Dios nos enseña algo. Es posible, aun con las emociones agitadas, desarrollar estrategias para continuar con tus planes, proyectos y sueños.

Nuestra vida está hecha de etapas y, por eso, necesitamos superarlas todos los días. Nuestra mente, diariamente, está madurando y no lo percibimos. Por eso es necesario buscar en libros o en personas experimentadas, temas que nos hagan evitar equivocarnos, para no sufrir las consecuencias de una mala decisión. A eso lo llamo IVLP: Inversiones de Vida a Largo Plazo.

Infelizmente, nosotros mismos somos capaces de autodestruirnos, inconscientemente, porque nos dejamos llevar al fondo del pozo.

Pondré como ejemplo un artículo muy conocido por la sociedad, que incluso se hizo habitual en nuestro medio, el cigarro. Es un inhalante que todos sabemos que es dañino para la salud, sin embargo, aun con toda la información y consecuencias de su acción, muchas personas lo siguen usando. No estoy siendo prejuiciosa con las personas que lo usan, me refiero directamente al utensilio. Sin embargo, este no es el único, actualmente vemos que, a pesar de vivir en pleno siglo XXI, las adicciones se mantienen, lo que cambió fue el utensilio, tales como: la adicción al celular, pasar horas en internet sin sentir el tiempo pasar viendo redes sociales, o videos sin nada que atribuya a algún crecimiento. Entonces te pregunto: ¿A dónde se fue tu IVLP?

El tiempo es lo único que no podemos recuperar, por eso es necesario saber administrarlo cuanto antes para así tener más momentos y decisiones asertivas.

A menudo, sólo nos enfocamos en el momento que está siendo satisfactorio y olvidamos que toda decisión causará una reacción. Estamos tan anestesiados en vivir ahora que dejamos de interesarnos en lo que vendrá después. Así que, nunca estamos preparados para las consecuencias. Necesitamos reflexionar en nuestras acciones y, principalmente, en las decisiones, pequeñas o grandes, porque cada una tiene su valor y hay un resultado en cada decisión tomada.

Cuando comienzas a mirar tus elecciones pensando en tu IVLP, idealizando las posibilidades y oportunidades a futuro, con más beneficios y asertividad, se vuelve un entrenamiento mental para la toma final de decisiones, lo que nos hace aprender a decir más NO que sí para todo. Eso se debe a que tu mente está enfocada y conectada con tu futuro, y no te preocupas por las palabras desalentadoras que puedan surgir.

Además de este ejercicio mental, también necesitaba cambiar de actitud, en el sentido de no sentirme mal por estar sola. No tiene nada que ver con la idea de no disfrutar de compañía, al contrario, siempre me ha encantado estar con personas, pero necesitaba entender que es bueno de vez en cuando, tener un momento en especial conmigo misma. Necesitaba entender que estar sola también era agradable, así que decidí aprender a hacerme compañía. Decidí, entonces, aprender a salir sin nadie a mi lado, como ir a la tienda de películas –alquilaba varias películas de comedia, drama y romance, que me gustaban. Hacía mis palomitas, compraba mi refresco y disfrutaba la programación en casa, era mi momento. También tenía mis ratos de entrar a la habitación y permanecer ahí por horas solamente escuchando el mismo CD sin parar, por ejemplo, el de Ludmila Ferber, *Orar y Adorar – volumen 1* o *Diante do Trono, En los brazos del Padre*. Eso sanaba el dolor de días malos.

Muchas veces escuché a mis familiares decir: ¿No te cansas de escuchar esas canciones millones de veces? Yo respondía: No. Sin embargo, en mi mente completaba diciendo: ¿Cómo me puedo cansar de algo que me lleva siempre a sentir y correr a los brazos de Dios?

Aprovechaba también esos momentos a solas y creaba las coreografías de la iglesia, las cuales cité en capítulos anteriores.

Esos fueron algunos de mis mejores y grandes momentos, los cuales aprendí a amar, porque descubrí que eran solamente míos.

Capítulo 5

El paraíso

¿Te has detenido a pensar, cuántas cosas maravillosas Dios hace por nosotros y no nos damos cuenta? En este punto de la historia, mis padres estaban separados – mi padre se había casado nuevamente – y, en esa separación, mis hermanos y yo decidimos vivir con él.

Nos habíamos mudado a otro barrio muy alejado, que no me gustaba, porque, para mí, no había muchas opciones de ocio y estaba lejos de todo. Me sentía aislada, tuve que dejar a algunos de mis grandes amigos del colegio, de la iglesia y de todo lo demás que hacía. Al llegar, rápidamente traté de buscar una iglesia a la cual asistir porque solamente en ese medio me sentía bien y en paz después de todo el cambio.

En mi primer día de clases, donde fui inscrita, decidí vestirme con el estilo de ropa que siempre me había gustado, mi estilo dark. Siempre me llamaban o me conocían como roquera debido a mi gusto por el negro, pero no me importaba nada de lo que dijeran.

Un día, decidí intensificarlo un poco más. Mi interés era ver cuál sería la reacción de las personas. Qué pensarían, e incluso, dirían al respecto. Mi intención era hacer que alguien se acercara a preguntarme algo.

Claro que, con mi estilo, era un poco difícil que alguien se interesara. Sin embargo, como joven sé que eso no es tan complicado.

Al llegar a la escuela, la reacción, al principio, fue de curiosidad. Me senté en mi pupitre y, ese primer día, una chica se sentó a mi lado queriendo ser mi amiga. La primera clase inició y, al final, ya estábamos iniciando una amistad. En los días siguientes seguí usando el mismo estilo. Después de algunos días, la misma chica me preguntó: ¿Eres evangélica? Llegué a donde quería, una pregunta. Le respondí que sí, y, en ese preciso momento, ella me miró con asombro debido a mi respuesta. Sorprendida, no me creyó mucho, y me hizo preguntas de la Biblia, para que yo pudiera confirmar mi religión. Me dio un poco de risa tener que demostrarlo, pero seguí haciéndolo. Con el paso de los meses, los demás alumnos de mi clase comenzaron a conocerme y a querer platicar más conmigo, aclarando dudas de la Biblia. Aunque era muy joven, explicaba y mencionaba varios temas que aprendí en la escuela dominical de la iglesia *(un servicio enfocado en el estudio más profundo de la Biblia)*. Recuerdo a un chico, que, al verme llegar a la escuela, vino hacia mí con una grabadora queriendo que respondiera dudas sobre la Biblia. Él hacía pregunta tras pregunta, parecía que me entrevistaba sobre lo que sabía.

Me pareció curioso, y le pregunté el porqué de las preguntas, cuál era la necesidad de llevar la grabadora. Con una mirada desconcertante, me dijo que era para llevarle las respuestas a su abuela, porque él no sabría cómo explicarle mis respuestas a ella. Me pregunté si tal vez su abuela y hasta él mismo no tendrían interés de conocer más de la Biblia yendo a una iglesia cristiana. Mi intención, en la secundaria, con mi comportamiento y forma de vestir, era demostrarle a la gente que no debes juzgar a otros por su apariencia o estilo.

Si antes que nada decidimos hablar y decir un simple "¡Hola!", nos sorprenderemos. Descubriremos historias fantásticas y experiencias increíbles que nos pueden enseñar y motivar en muchas cosas de la vida.

En aquella misma escuela, durante todo el año, conocí a grandes personas, conversé, descubrí innumerables historias, unas un poco locas y otras increíbles. Poco a poco la gente se acercó a desahogarse y también a escucharme. Lo veía tan natural que, para mí, ya se había vuelto algo normal. Al final del año, sin darme cuenta, mis compañeros y hasta la profesora, estaban a mi alrededor queriendo escuchar lo que tenía para contar sobre la Biblia y sobre mis propias experiencias. Al final, eso terminaba motivando a algunos a querer ir o regresar a la iglesia.

No soy una "experta" en Teología, pero lo poco que había aprendido con Dios, de mi padre y en la iglesia, siempre traté de transmitirlo a quienes me preguntaban o necesitaban escuchar.

Mi deseo es poder compartir la sabiduría a quien quiera escuchar de una manera simple y objetiva. Hoy soy hija del pastor Átila Rosa de Araújo y estoy muy orgullosa de ello.

Ahora, escribiendo estas páginas, estoy sentada en el pasto frente a la laguna esmeralda en la ciudad de Los Ángeles, en Chile, y por qué les cuento esto, porque mi deseo de difundir la palabra de Dios es tan grande que, actualmente en este país estoy tomando un curso de Teología en el año 2020, año que comenzó la pandemia y el mundo estaba en caos. Dios tiene propósitos para aquellos que lo buscan y el resultado es hacer posibles los sueños. Pero ese es el tema de mi otro libro, EL PLAN, en el cual revelo cómo llegamos a Chile y cómo vivimos esta historia desafiante en Chile.

Estoy muy agradecida con Dios por haberme facultado de esta forma, no sé explicar cómo sucedió. Sólo sé que la pasión por hablar de Dios a las personas está principalmente en mostrar, en mis acciones, este amor de Él por nosotros. Su presencia me hace emanar toda esa emoción de su gracia. Sentir a Dios es algo sublime. Es como subir al cielo en un elevador espiritual que, para mí, es muy simple – sólo cierra los ojos e imagina la escena, deja que tu mente y corazón se enfoquen, piensa en Él queriendo verte y escucharte intensamente, más que nada en el mundo.

Cuando entro en Su presencia, me acomodo y siento algo tan sobrenatural, que me eleva – me siento tocando las estrellas. La emoción de entrar a la sala del rey es algo mágico. Cada vez que Dios me invita a entrar y a hablar con Él, automáticamente, mi mente me eleva a un lugar sublime, donde estoy con prendas ligeras y blancas. Al sonido de un soplo, la tela se mueve como hojas en el viento, andando sobre las nubes. A lo lejos, veo un trono dorado, un gran hombre con túnicas blancas y los brazos extendidos esperándome para darme ese abrazo lleno de anhelo. En ese preciso momento, en el curso de mis pasos ansiosos por correr hacia Él, me transformo en niño y me arrojo a los brazos de mi padre, que, con una sonrisa y su larga barba, me recibe. Ahí escucho su suave voz, dándome consejos y diciéndome cuánto me ama. Me siento la niña de sus ojos, como dice el versículo:

Guárdame como a la niña de tus ojos; escóndeme bajo la sombra de tus alas. *Salmos 17:8*

Así son mis encuentros con mi padre celestial, un sentimiento de renovación y fortaleza florece en mi interior y, entonces, puedo resistir una vez más los días malos. Atravesamos muchas luchas y desafíos, pero sólo Él tiene los nutrientes para alimentar nuestra alma abatida y cansada.

Si llegaste hasta aquí, aprovecha este momento para hacer una oración y permítete entrar en Su presencia, haz una oración simple y deja que el Espíritu Santo dirija tu mente a ese paraíso de paz.

Él siempre te invita a entrar en su presencia, permítele ofrecerte la invitación de entrar en su presencia, permítete dejar que esa gracia invada tu vida y traiga renovación para tu alma. Él te espera para ese encuentro.

Capítulo 6

Honra en lo poco

Después de algún tiempo, volvimos a vivir cerca donde mi padre trabajaba. Cuando llegamos, le pedí que volviera a asistir a la iglesia de mi amiga Talita, ya que fui a ayudarla con los proyectos e ideas que tenía, mencionados en capítulos anteriores.

Esa fue la iglesia a la que más me adapté, pues aprendí mucho y trabajé en bastantes proyectos. También viví muchas experiencias espirituales que me enseñaron a estar más conectada con Dios y tener más sensibilidad con el Espíritu Santo. Una de ellas fue la participación de una Feria de Israel, que se realizaba cada año. Un evento anual que reúne a todas las iglesias de una misma congregación, pero de barrios diferentes, para una competencia de danza al estilo israelí con el tema de las 12 tribus de Israel. Todos los años se hacía un sorteo con los nombres para saber qué iglesia tendría el nombre elegido para desarrollar el tema de su presentación, la cual se lleva a cabo en la Sede de la iglesia Valle de la Bendición, en la ciudad Fortaleza, estado de Ceará, en Brasil, mi ciudad natal.

La primera vez que fui invitada, quedé encantada con tal organización. Había muchas luces, efectos sonoros y mucho más para una increíble presentación. Pensé: algún día me gustaría hacer un evento como este.

Después de algún tiempo, terminé involucrándose en el ministerio de danza de la iglesia, llegando a participar en la gran Feria de Israel, justamente en el lugar donde mis ojos se habían enamorado.

Participé en varias presentaciones, pero la que más me impresionó fue en la que se involucraron prácticamente todos los departamentos de la iglesia. Un gran amigo mío, Rafael Hermógenes, creó la letra de la presentación, inspirada en la historia bíblica de la tribu. Yo fui una de las encargadas en crear la coreografía, y todos juntos hicimos realidad el proyecto. Lo más complicado de todo era poner en práctica y ordenar todas las ideas. Además de todo eso, teníamos un reto mayor, reunirnos todos en el mismo horario para ensayar. Sobre esa tarea, cualquiera que sea líder sabe de lo que hablo.

Tuvimos muchas dificultades, y recuerdo una vez en la que tuvimos que programar un ensayo alrededor de las 11 de la noche en otra iglesia para usar un espacio más grande – ensayamos ahí hasta la 1 de la madrugada. Después del ensayo, decidimos ir todos juntos a una avenida cercana para tomar el autobús. El mayor problema viene ahora, porque la calle estaba vacía y frente a la parada de autobús sólo había floresta. Poco después, recibimos una llamada de un hermano de la iglesia diciendo que él nos llevaría.

Estuvimos esperando para llevarnos a casa. Cuando recibimos otra llamada de él, pidiéndonos que camináramos a la siguiente cuadra. Comenzamos a caminar para allá. Los chicos que nos acompañaron iban delante, y yo iba atrás, platicando con el otro grupo. De repente, nos gritan diciendo que regresáramos corriendo porque vienen asaltantes en nuestra dirección. Corrimos como nunca en sentido contrario y, después de unas cuadras, al minuto siguiente, el hermano que nos iba a llevar apareció frente a nosotros. Inmediatamente, todos subimos tan rápido que no puedo explicarlo. Con alivio y dando gracias a Dios salimos de esa situación.

Después de lo que sucedió, los otros días, seguimos ensayando mucho, pero ahora, teniendo más cuidado en los horarios, queríamos hacerlo lo mejor posible. Decidimos hacer un propósito de oración y ayuno para la presentación, ya que era lo mejor para Dios. Nunca había visto tanto compromiso para ese evento como el nuestro. Las personas involucradas nos elogiaron por la dedicación que tuvimos.

Rafael, que escribió la letra de la canción, quedó sin palabras, pues él mismo no creía lo que hizo, se emocionó al ver lo que logramos. El gran día había llegado, y el corazón latía con fuerza, siempre en la fecha del evento, el día estaba reservado para los preparativos en la sede de la noche tan esperada.

Además de los grupos de danza y teatro, existe también un equipo responsable de la venta de comidas en las carpas, con ropa temática del evento, eso también contaba para la puntuación.

Durante el día, aparecieron las personas de sus debidos grupos para organizarse en los lugares reservados. Todo, por el momento, estaba aparentemente tranquilo, hasta que descubrimos que nuestro vestuario sería improvisado por falta de recursos. Entonces, utilizamos vestuarios que habían sido usados en presentaciones antiguas. En ese momento tuvimos que hacer un "remake" del vestuario. Además, nos informaron que la presentación no sería en la Sede como de costumbre, sino que se había trasladado a una cuadra de una escuela cercana.

Estábamos muy preocupados, porque el espacio ahora sería mucho más grande de lo que imaginamos, por lo cual, podríamos perdernos en los movimientos y exceder el tiempo de presentación, ya que eso contaba también para una buena puntuación.

Llegó el momento de nuestra presentación, y lo que recuerdo, de ese día, fue la gran alegría de nuestro equipo en haber dado nuestro mejor esfuerzo en medio de las dificultades, porque fue el evento en el que obtuvimos el mayor número de participaciones de todas las edades en una sola noche.

Después de ese día, aprendí a entender lo que dice la Biblia:

"Su Señor le dijo: Bien, buen siervo y fiel; sobre lo poco has sido fiel, sobre mucho te pondré; entra en el gozo de tu señor." Mt: 25:23

Aprendí que, cuando se honra a Dios en lo poco que la vida tiene para ofrecer, con tu compromiso con Él, grandes experiencias y milagros son posibles.

Capítulo 7

Pequeño gesto

A los 15 años, me sorprendió entrar al mismo colegio donde mi padre había estudiado, el Justiniano de Serpa. Allí, hice segundo y tercer grado y eso, para mí, fue increíble. Al llegar, rápidamente me involucré con mis compañeros de grupo. Me sentía muy cómoda. En ese mismo lugar, volví a escribir canciones que, por años, estuvieron paradas, pero tenía mucho interés en continuar. En el salón de clases, cuando había un descanso entre clases, la inspiración surgía y escribía rápidamente para no perder nada, porque ellas son como piedras preciosas para mí.

Siempre soñé con verlas siendo cantadas por varias personas, creo que sirven como un remedio para el alma, ya que la música llega a lo más profundo de nuestro ser, más que cualquier otra medicina para curar nuestras heridas internas.

Conocí varias personas de otras clases que comenzaron a saber que yo era cristiana. Es curioso que, durante el descanso, algunos venían a platicar conmigo sobre religión, o sobre aceptar a Jesús. Algunos decían que acababan de conocer a Cristo y querían aclarar dudas a partir de lo que yo conocía y vivía. Les explicaba lo que comprendía de aquella época, y era interesante que salían con la mente más clara. Poco a poco me di cuenta, cuánto amaba conversar sobre eso y lo principal para mí era ser de ayuda para aquellos que estaban confundidos.

Estaba en mi último año de secundaria y decidí que, en cada descanso, me reservaría para adorar a mi Dios. Cuando me dirigía a un lugar reservado, para realizar mi ritual de adoración, en el camino, mi amiga me preguntó a dónde iba. Le respondí, y ella decidió ir conmigo; en seguida mi gran amigo, Allyson Rocha, a quien considero como un hermano, me hizo la misma pregunta y nos acompañó. Entonces dimos inicio a la primera reunión. Mi intención era tomar un momento para adorar. Al principio lo iba a hacer sola, porque sabía que las personas no tendrían mucho interés en participar.

Hicimos la primera reunión simple y volvimos al salón de clases. Aquel día, tomé la decisión de que todos los días, en mis descansos, haría eso, apartarme para hablar con Dios.

Al principio, siempre lo hacía en el mismo lugar – detrás de los salones de clases, en un patio, donde rara vez aparecía alguien.

Todos los días, en el descanso, estaba en el mismo lugar. Tenía la idea de que nadie estaría interesado en compartir esos momentos conmigo. Entonces, no me importaba hacerlo sola.

Pero la gente comenzó a aparecer para esta reunión. Me preguntaba de dónde surgían, –porque no lo había compartido con nadie –salvo con mis amigos que fueron a las primeras reuniones. Eso se convirtió en un punto de referencia para que me buscaran. Si necesitaban, sabrían dónde encontrarme.

Un día, durante el receso, me quedé sola terminando un ejercicio en el salón y no pude ir a la reunión. De repente, apareció una alumna en la puerta llamándome:

— Mykatila, ¿no vienes a la reunión? Todos te están esperando para comenzar.

—Todos, ¿quiénes?

—Todo ese grupo.

Cuando ella abrió la puerta del salón, entró una gran cantidad de personas que no conocía. En ese momento, me asusté. De la noche a la mañana, la noticia de la pequeña reunión se volvió tan popular, de tal forma que hasta la directora y los coordinadores sabían. Ya no era posible hacer las reuniones en el mismo lugar, por lo que tuve que buscar un espacio más grande.

Para mí, fue muy emocionante vivir y saber todo eso, ya que era agradable para ellos ser parte de eso. Escuchaba varias historias como: dejé mi vergüenza de lado para hablar de la palabra de Dios en mi iglesia gracias a este grupo. Ellos aprendieron a hablar más sobre la Biblia sin sentir vergüenza y muchas otras historias. Me alegró tanto saber que una pequeña reunión, en el receso, se convirtió en algo tan importante en la vida de otras personas que fue el mejor regalo que pude tener.

No recuerdo exactamente cuándo comenzaron esas reuniones, pero sé que crecieron al punto de que las personas llevaban instrumentos para cantar juntos. Comencé, entonces, a elegir a alguien para compartir un pequeño momento de la Biblia o contar un poco de su historia. Todo se desarrolló tan rápidamente que no lo creía. Toda la escuela se había contagiado con ese pequeño gesto que había comenzado un año atrás.

El fin de año estaba llegando y, como ya estaba en el tercer año del colegio, sabía que la vida seguiría su ritmo y yo no estaría ahí para siempre, pero la pequeña reunión ya estaba integrada por personas de todos los grados. Entonces, aproveché la oportunidad para motivarlos a seguir con ese proyecto, ya que, aunque yo me iba, sería importante dar seguimiento a las personas de nuevo ingreso. Entonces me preparé y dije:

—Nosotros de 3º estamos terminando el año y tendremos que irnos, pero esta reunión no puede terminar. Ustedes de 2º, son los encargados de hacerse cargo del grupo para dar continuidad un año más y, así, continuar con los años siguientes. Todos estuvieron de acuerdo con la idea.

En los últimos días, una sorpresa, el coordinador más conocido y admirado por todos los alumnos quería hablar conmigo. No tenía la menor idea de lo que sería. Cuando fui, me tomó de las manos y dijo:

—Priscila Mykatila, gracias por ser nuestra alumna, te admiro por ser una chica fuerte, inteligente y que no tiene miedo de enfrentar las dificultades. Sé de algunos problemas que tuviste que enfrentar, pero, así mismo, continúa con esa sonrisa en el rostro, motivando a todos a tu alrededor. Eso te hace más fuerte. Cambiaste a las personas de esta escuela con su presencia y alegría, muchas gracias.

Me quedé sin palabras, no sabía que había hecho tanto con cosas tan pequeñas. Sólo puedo agradecer a Dios por tal experiencia, ya que ni yo misma tenía idea del tamaño del cambio. Para mí, fueron palabras increíbles de mi coordinador, nunca esperé nada, ningún elogio, ni destacar, sólo quería transmitir lo que siento, vivo y creo, porque eso puede ayudar de alguna forma a las personas.

Esa historia fue impactante, y noté que, cuando Dios quiere hacer alguna cosa en la vida de alguien, Él lo hace sin que nosotros entendamos. Un simple gesto puede cambiar completamente la vida y el día de alguien. Lo creo firmemente, Dios me utilizó para llevar su palabra de aliento a la vida de personas que nunca había visto, y ellas fueron marcadas. No por lo que yo hice, sino por lo que sintieron.

Por eso, quiero motivarte, lector, a hacer lo mismo. Cuando sientas ganas de decir que amas, dilo. Cuando quieras abrazar, ayudar y, hasta, cuando tengas una idea que, aparentemente, es simple y sin mucho sentido, no pierdas tiempo, hazlo, porque con un simple gesto, es posible cambiar el mundo a tu alrededor.

Capítulo 8

Renunciando

Después de ese notable año en el colegio Justiniano, mi padre, una vez más, decidió cambiar de residencia. Nos fuimos a vivir a una colonia lejos de donde vivíamos. En esa época, no había muchas cosas para una joven como yo, que era muy activa y, principalmente, que disfrutaba relacionarse con las personas. Para mí no fue muy fácil vivir en el nuevo lugar. Teníamos una perra llamada Labí, que significa Bila, al revés, mi padre, con sus ideas descabelladas, la bautizó de esa forma. Él siempre ponía nombres locos a los cachorros que teníamos. Al principio pensábamos que era extraño, pero después nos acostumbrábamos.

En esa época, mi hobby era rentar películas para el fin de semana, en las tiendas de alquiler con Labí. También salíamos el fin de semana, iríamos a una pizzería o por un snack. Ese era nuestro entretenimiento cuando vivíamos ahí. Después de algunos días en esa casa, descubrí que, al lado, había una iglesia muy acogedora, aparentemente bien organizada. Ahí había un grupo de baile para niños, adolescentes y jóvenes, los salones de los niños estaban bien divididos. Me parecía increíble una iglesia tan pequeña con tanta organización. Sin embargo, no íbamos a ella, porque mi papá decidió que siguiéramos yendo a la iglesia cercana de donde vivíamos antes. La mayor dificultad en eso era la distancia, porque teníamos que tomar un camino de treinta a cuarenta minutos en auto para llegar. El resultado fue que sólo íbamos los domingos y, rara vez, entre semana. Entonces para mí era muy desalentador, porque siempre había sido muy activa en actividades de la iglesia, pues hacía danza, teatro, alabanza, era maestra y hasta me arriesgaba en tocar algunos instrumentos. Es decir, ir a la iglesia solamente el domingo no era favorable. Agradezco mucho a Dios por haber tenido esta pasión intensa de dedicarme tan profundamente en varias actividades de la iglesia desde muy joven.

Sin embargo, en medio de todo eso, la iglesia más cercana era Valle de la Bendición, citada anteriormente. Ahí conocí al pastor presidente y fundador Darckson Lira, y lo admiraba como persona, por sus buenas acciones inspiradoras. Lamentablemente, fue arrebatado abruptamente de esta tierra con una muerte trágica.

Siempre quise regresar ahí, pero, en ese momento, viviendo lejos, era complicado. Entonces, cuando había posibilidad, terminaba yendo a la pequeña iglesia de al lado, acudía a todos los cultos y estaban increíblemente llenos de unción. Recuerdo uno que ocurrió en una presentación de danza, cuya canción era *"Nunca dejes de luchar"*, de Ludmila Ferber. Ella era una de mis cantantes favoritas que inspiraba mi vida espiritual.

Recuerdo que no fue solamente una danza – fue sobrenatural, porque todos sentíamos una devoción muy fuerte a Dios en aquel lugar. Quedé impactada. Ese día necesitaba una palabra de ánimo. Estaba muy desmotivada debido a tantos problemas que estaba atravesando, que, dentro de mí, no encontraba fuerza para seguir. Me sentía cansada de todo, deseando desaparecer, pues mis conflictos internos me consumían por dentro.

Durante ese período, extrañaba mucho a mi madre, deseando sus abrazos y cariño, pero estaba lejos. Yo entraba a la habitación y, muchas veces, por la noche, lloraba pidiendo a Dios fuerza, ya que no aguantaba más pasar por tantas situaciones perturbadoras que me trastornaban emocionalmente. Le preguntaba por qué una vez más tenía que pasar por tanto dolor. Sin embargo, al escuchar, aquel día, esa alabanza en la iglesia, parecía que era el mismo Dios diciendo: *No dejes de luchar, no dejes de luchar.* Caí de rodillas y lloré como un bebé que necesitaba el regazo de su madre. En ese caso, tuve el mejor consuelo, el de mi padre celestial. Aquella música me lavó el alma y me limpió por dentro, me sentí renovada como nunca antes.

Después de ese momento tan impactante, debo confesar que los problemas, no habían desaparecido por arte de magia, pero tenía mi cabeza y corazón equilibrados por el poder de Dios para seguir de frente, no parar y tomar decisiones sensatas de ser necesario. Una de las cosas que aprendemos, al buscar la presencia de Dios, es la reorganización de nuestro ser emocional. Muchos, tal vez, no sabían eso, pero es exactamente el propósito de Dios para el hombre, es decir, mantener su interior equilibrado ayudando a tener una vida más asertiva, manteniendo cautivas las emociones negativas que pudieran impedir o bloquear su propósito de vida por algunas palabras o decisiones equivocadas.

Por eso, es importante y necesario tener a Dios al centro de nuestras vidas. Él conoce más de lo que nosotros mismos a dónde podemos llegar con nuestra capacidad.

Yo sabía que Él tenía un propósito en mi vida, y yo necesitaba continuar la jornada, aun sin conocer el camino ni por dónde caminaría, pero dentro de mí siempre me decía: Necesitas cumplirlo.

En medio de ese torbellino de conflictos, uno de los momentos más impactantes, que amo recordar hasta hoy, era el de estar en mi cuarto con mi guitarra. Al tocarlo, parecía que estaba en otro mundo. Me inspiraba mucho en la Biblia y hasta escribía letras de canciones sobre los salmos de David. La música era mi escape del mundo real, para entrar en el mundo espiritual y, así, tener mi intimidad con Dios. Muchas veces, tocaba por horas la misma melodía y me deleitaba sintiendo su presencia. Platicaba con Dios preguntándole qué haría con esas canciones que tanto me había inspirado a escribir. Respuestas, no tuve, pero cerraba mis ojos e imaginaba una multitud cantando esas canciones. La imagen era linda, pues idealizaba que podrían sanar también las heridas más profundas de aquellos que las escucharan. En esos momentos encontré fuerza para seguir.

Capítulo 9

Pequeños detalles

Aun viviendo en la casa de mi padre, con 19 años, pasé un poco más de un año sin trabajo, y, después de eso, conseguí un nuevo empleo. En él, conocí a mi esposo, pero mi unión con él no fue como la de las típicas parejas.

Yo había ido a una entrevista de trabajo en una empresa y, cuando estaba esperando, veía a las personas llegar al trabajo. Entonces, cuando vi a Camilo atravesar la puerta, sentí algo muy curioso y diferente de todo lo que había sentido antes en toda mi vida. Era como si hubiera una conexión de él conmigo. No sé explicarlo, pero así sucedió.

Me llamaron a la sala para ser entrevistada. Después de eso, estuve esperando una respuesta. Algunos días después, me llamaron para comenzar a trabajar.

Al entrar, me presentaron con los compañeros de trabajo. Al llegar a la mesa de Camilo, él no me dirigió una palabra. Me intrigó. ¿Por qué no me habló? Soy una persona muy comunicativa, amo conversar y conocer personas nuevas. No obtuve ninguna reacción.

Seguí los demás días, haciendo mi trabajo, conociendo a cada colega de la empresa. Un día tuve que ir a cierta zona de la empresa para ver la talla de mi uniforme, comencé a platicar con una chica que trabajaba en la misma área de Camilo y que estaba ahí por el mismo motivo que yo. Platicamos y regresamos a nuestras actividades.

Después de algunos días en la empresa, esa misma chica le había pedido a Camilo entregarme un material de un cliente.

Estaba trabajando en mi computadora, cuando, de repente, escucho una voz intensa detrás de mí, decir: *¿Es tuyo este CD?*

De ahí en adelante, comenzamos una amistad. Todo sucede muy rápido. Después de dos meses de conocernos, me pidió matrimonio de una forma poco convencional y yo simplemente acepté.

¡Qué locura! Debes estar pensando. Acababas de conocerlo ¿Y ya se van a casar? ¡Pues sí! Descubrí que la vida está llena de sorpresas cuando tomamos decisiones repentinas. Sin embargo, quiero enfatizar que no todas las historias son iguales ni perfectas, pues debes estar leyendo esto y pienses: "Conmigo puede funcionar. ¿Por qué no?" Porque siempre es bueno averiguar todo alrededor antes de tomar esa decisión si piensas hacerlo. Existen dos factores en la balanza: lo que "puede funcionar" y lo que "no funcionará". El riesgo va por tu cuenta, así como tuve yo.

Lo que más me intriga en esta historia es que yo soy el tipo de persona que calcula las consecuencias de los actos. Y ahora debes estar pensando. ¿Cómo? ¿Entonces, cómo tomaste esa decisión tan repentina?

El punto de partida de esa decisión se relaciona con varios aspectos de vida, la mayoría de ellas no fue nada material, pero sí espiritual. Dentro de mí, sabía que podría seguir adelante y continuar en la relación, pero mi razonamiento me hacía cuestionar muchas de mis acciones, entonces le pregunté a Dios qué pensaba de esa locura. Y, ¿sabes qué me respondió? Simplemente nada. Necesité tomar primero una decisión para, después, obtener una respuesta.

Nuestra vida en común comenzó, entonces, de ahí en adelante, todo era completamente nuevo. El tiempo fue pasando y lo más curioso de esa historia es que, un bello día, regresando del trabajo para casa, recordé un sueño que tuve a los 16 años. Soñé que llegaba a un departamento, en el cual, al entrar, había un hombre que, a mi parecer, me llamaba amor. Me sorprendía mostrándome lo organizada que estaba la casa, pero no pude ver su rostro. En aquel instante, me di cuenta de que ya había soñado con Camilo y no sabía, fue asombroso. Me di cuenta en aquel momento cuánto Dios me cuida y me ayuda a realizar mis sueños más secretos.

El punto curioso de esa historia es que las personas a nuestro alrededor –del trabajo y algunos amigos– nos decían que sería apenas una relación momentánea, que todo pasaría y que duraría, máximo, tres meses. Bien, nuestra historia comenzó en 2010, en el año del mundial y hoy, en 2022, estoy contándote. Entonces, saca tus conclusiones.

Tiempo después, Dios me confirmó, por otras personas que no conocían nuestra historia, que Él nos escogió para estar juntos y, hasta hoy, recibo confirmaciones por medio de las cuales Él me hace recordar que la unión de nuestra historia vino de Él.

Algo que aprendí con todo eso es que la vida siempre será hecha de elecciones, pero, teniendo una dirección divina, el camino se vuelve más asertivo. A pesar de no ver claramente, sigue confiando que al final todo saldrá bien.

"Porque vivimos por fe, y no por lo que vemos." 2 Corintios 5:7

Ahora ya casada, decidí regresar a la iglesia Valle de la Bendición e invité a Camilo para ir conmigo a conocer. Al inicio, se resistía, varias veces iba sola, pero un día en el que me iba a presentar, me dijo que me iría a ver bailar.

Ese día, llegué más temprano a la iglesia, pues necesitaba prepararme bien, le pedí mucho a Dios que él llegara.

Cada minuto le pedía a alguien que me dijera si ya había llegado. Hasta la hora de presentarme, no obtuve respuesta de su llegada. Comencé a desmotivarme, pero mis amigos, me pedían no decaer, pues era el momento en que daría lo mejor para Dios. Levanté mi cabeza y pensé: ellos tienen razón, necesito estar concentrada, pues entregaré mi adoración a Dios.

Al minuto siguiente, el pastor anunció mi entrada. Me quité los lentes, como siempre, y entré. Quise, en aquel momento, pensar que sólo éramos Dios y yo y que daría lo mejor. Cuando todo terminó, mis amigas me dijeron que él había llegado y que vio prácticamente toda la danza, me puse tan feliz, porque era muy importante para mí que él estuviera. Tener un matrimonio en la presencia de Dios era un sueño para mí.

De regreso a casa, me dijo que había decidido acudir a la iglesia conmigo. Una vez más agradecí a Dios por haber realizado uno de mis más grandes deseos.

Después de algunos años, ya estábamos muy involucrados. Me convertí en sublíder de alabanza además de coreógrafa, y Camilo formaba parte del Marketing y ayudaba con los *slides* de la iglesia.

Con todo ese compromiso, se dio inicio al evento más esperado en Valle de la Bendición, la *"Feria de Israel"*. Yo ya tenía experiencia de cómo funcionaba el evento, como cité en un capítulo anterior, sabía lo necesaria que era la organización. Entonces, comencé la preparación para los ensayos. Nuestra iglesia fue escogida para ser la tribu de Gad, y los colores alusivos eran amarillo y blanco. Los recursos para la compra de los materiales de vestuario y todo lo demás, eran limitados. Aun así, seguimos ensayando para la presentación. Los días se fueron acercando y el grupo de danza vino a hablar conmigo sobre cómo financiaríamos el evento. Me quedé sin respuesta en cuanto a eso, pues todas las opciones, en aquella época, eran complicadas. Mi recurso financiero era muy bajo, y el grupo tampoco estaba en condiciones. No sabíamos qué hacer. Entonces, decidimos comenzar a orar pidiendo a Dios que nos proveyera, de alguna forma, nuestras necesidades. En cada ensayo, estaba más afligida en cuanto a eso, pues era mi responsabilidad y no veía cómo solucionar el problema. Varias veces, las chicas del grupo decían: *Va a salir bien. Dios proveerá.* Sin embargo, aun escuchando eso, mi corazón no se calmaba. Es muy gracioso ver que, aun conociendo la palabra y entendiendo que Dios es más grande que todo y que puede hacer todo, nuestra mente no nos deja confiar en

71

Él al 100%. "Al menos, para mí fue así". Queremos controlar cada situación.

Después del ensayo, deambulaba de un lado a otro, preguntando a Dios: ¿Entonces qué hago? Los días pasaban y no veía que nada sucediera. ¿Cómo lo puedo resolver?

Le reclamé a Dios diciendo que estaba viendo aquella situación y no hacía nada y tampoco me respondía. Mi inmadurez no me dejaba ver la grandeza de Dios y, principalmente, escucharlo.

Después de algunos días, una chica recién llegada a la iglesia, llamada Larissa, apareció en el ensayo, y la invité a participar en el grupo de danza, pero ella no estaba en condiciones de participar en la feria, ya que estábamos a pocos días del evento para hacer modificaciones en el montaje. Entonces, decidió ir solamente a los ensayos.

Ella no faltaba a ninguno. Me contó que su madre, Lucia, trabajó en el departamento infantil en la iglesia anterior y que siempre le enseñó, desde pequeña, a ella y a su hermano sobre el reino de Dios. Ella entonces creció enamorada por la danza y por la presencia de Dios.

Quiero felicitar a la señora Lucia por la enseñanza de la obra de Dios a sus hijos, porque no todos los padres tienen ese comportamiento. Larissa, a quien conocí, se volvió una joven apasionada por la presencia de Dios, gracias a la enseñanza de sus padres.

Dejo ese mensaje para recordar a los padres que cada enseñanza correcta que den a sus hijos, a futuro, generará frutos con el tiempo. Invertir en la familia es una de las grandes herencias que podemos dejar a la humanidad.

Los días se fueron acortando, y una vez más el grupo vino a preguntarme sobre el vestuario. No encontraba respuesta para darles. Larissa, al escuchar nuestra necesidad, comentó que tenía vestuarios de danza guardados debido a varias mudanzas que hacía con su familia. Entonces nos preguntó si aceptaríamos que los trajera. Aceptamos de inmediato. Acordamos que, para el próximo ensayo, revisaríamos y probaríamos para saber si funcionarían para el evento. Sólo teníamos un problema ahora: el color, porque teníamos que seguir las reglas del evento, y una de ellas era usar los colores de nuestra tribu, los cuales eran amarillo y blanco.

En el ensayo siguiente, Larissa apareció con una bolsa gigante de ropa. Quedamos a la expectativa, pidiendo a Dios que lo que saliera de aquella bolsa fuera nuestra solución. Ella comenzó a sacar, una, dos, tres... Todas las piezas para la presentación estaban ahí delante de nosotras, el modelo y los colores exactos que necesitábamos. Fue sobrenatural.

Decidimos probarlos, por si las dudas, para ver el tamaño. Después de que todas se vistieron, nos miramos unas a otras y, en un lapso de euforia, comenzamos a gritar agradeciendo a Dios por aquel momento tan extraordinario. Nuestros problemas fueron resueltos. Teníamos todo lo que necesitábamos ahí, delante. No creíamos que aquello fuera posible, y fue real. Además del vestuario, la madre de Larissa, Doña Lucia, se dispuso a ayudarnos con otros accesorios que faltaban para completar el traje para la presentación. Doña Lucia salvó la patria.

Todo bien y el gran día llegó. En nuestra presentación teníamos que entrar con un arca de madera que representaba el arca de la alianza, la cual fue provista por uno de los integrantes del grupo. Aunque, en el día, hubo complicaciones, ya que el chico responsable del arca llamó diciendo que no participaría y que había renunciado a la presentación, por lo cual no llevaría el arca. Nos desesperamos, pues era la pieza principal. Respiré profundo y, con mucha calma, decidí llamarle. Conversamos, intenté convencerlo, pero nada lo hacía cambiar de idea. Se me fue al piso, tanto trabajo, horas de ensayos y preparación ¿Para llegar ahí y terminar? No lo aceptaba. Le pedí a Dios que nos ayudara. Todo lo que pude hacer, lo hice, pero la decisión de la presentación ahora no estaba más en mis manos. No había más que hacer. Cuando otras personas de la iglesia supieron que el chico no quería ir, decidieron llamarle también, insistiendo en que cambiara de parecer, pero eso no sucedió. Oré pidiendo que, si era la voluntad de Dios, Él revirtiera aquella situación y convenciera al chico, de lo contrario, nos detendremos ahí. Estuvimos un tiempo esperando. Cuando decidimos que no funcionaría, el chico nos llamó diciendo que había cambiado de parecer y que iría con nosotros.

La presentación salió bien, pero, infelizmente, no logramos alcanzar ninguna de las 3 posiciones, aun así, nos sentimos victoriosos debido a que vencimos todo lo que enfrentamos. Experiencia concluida con éxito.

Fue así que descubrimos las pequeñas pruebas que Dios nos hizo. ¿Hasta dónde nos lleva nuestra fe? Es cuando no tenemos salida cuando más demostramos que creemos. Yo realmente no estaba tan confiada en Dios como pensé. Necesité algunos sustos de la vida para aprender a lanzarme en sus brazos y aún estoy aprendiendo.

Tal vez, como lector, estás leyendo esta historia y pensando: ¿Cómo todo esto me aporta valor?

Toda esta historia parece algo banal y sin importancia. Sin embargo, ¿ya te detuviste a pensar que ese Dios en el que crees también tiene tiempo para cosas pequeñas de nuestra vida, principalmente, para nuestro día a día?

De la misma forma, en la que Él es un Dios de milagros, que ya hizo que el mar se abriera para que su pueblo pasara con los pies secos y también hizo y hace que la mujer estéril tenga hijos, Él se preocupó por aquella reunión importante de la empresa, para que pudiera salir todo bien y pudieras cerrar un buen negocio. Él también se preocupó aquella vez que tus lentes, aparentemente, estaban perdidos y sin ellos no conseguirías leer aquel documento importante o también cuando no decidiste con qué ropa ir a aquella fiesta o evento tan relevante. Él sabe cuándo quieres preparar aquella receta o pastel especial que viste en internet sólo para recibir a tus invitados importantes en casa y, entonces, piensas: ¡Todo tiene que estar perfecto!

El Dios que ya escuchaste hablar tantas veces ama estar cerca escuchando también los pequeños "problemitas" de nuestro día a día, preocupándose con los detalles, pues estos hacen una diferencia en nuestras vidas para Él realizar sus planes y propósitos.

Él no es solamente el Dios que hace milagros, quiere estar más cerca viendo y conviviendo con los pequeños detalles de tu vida. Y eso nos beneficia para llamarlo Padre, ya que nos da ese acceso más íntimo para relacionarnos directamente y contarle todos los problemas que estamos atravesando, sea cual fuere tu edad o situación.

Capítulo 10

El camino de Dios

Mi objetivo de vida siempre fue tener a mi familia a los pies de Cristo. Desde muy joven, le pedí que mi esposo amara servir, encima de todo, a Dios.

Platicando con mi esposo, descubrí que, durante la infancia y adolescencia, él tuvo experiencias y vivencias muy parecidas a las mías en el aspecto espiritual. Creció en una religión distinta a la mía, y la lección que se tiene en relación a eso es que se debe tener un interés real en conocer, verdaderamente, a Dios, sin importar la religión. Dios revela su esencia no solamente para que podamos descubrirlo, sino también para que podamos conocerlo íntimamente.

Cuando lo conocí, él ya había vivido, en la iglesia evangélica, experiencias por varios años, pero decidió no mantenerse ahí.

Después de aceptar mi invitación para ir a la iglesia Valle de la Bendición —en la cual yo estaba congregada— mi esposo decidió regresar a la iglesia evangélica.

Las invitaciones de servicios en la iglesia fueron surgiendo y comenzamos a desarrollarnos con los diferentes grupos, trabajando con jóvenes, adultos y niños, hacíamos de todo un poco.

En ese tiempo, en algunos cultos, sucedían momentos en los cuales recibíamos algunas palabras de Dios sobre nuestras vidas.

Un paréntesis. No pienses que, por Dios dirigirte a tu cónyuge, que será perfecto y la vida será un mar de rosas. Al contrario, ocurrirá un desafío muy complejo, principalmente porque son dos individuos completamente diferentes de la creación, los cuales tuvieron diferentes historias de vida. Todo influye al momento de escoger a alguien para ti. Sin embargo, pidiendo claridad, Él no te dará a alguien perfecto, pero sí a alguien que sabe que podrás tratar con todo y sus defectos. Mi esposo tiene muchos defectos, así como yo – el punto importante de una relación es cómo lidiar con esas pequeñas diferencias para seguir la vida hasta el fin.

Poco a poco, Dios nos mostró que nuestro tiempo en aquella iglesia, estaba finalizando y Él nos estaba guiando a un nuevo templo. Al inicio, extrañaba un poco, pero Dios fue consolando mi corazón, porque viví muchos años en aquella iglesia.

Después de algún tiempo, encontramos una pareja de amigos nuestros, los cuales, en una plática, nos invitaron a visitar una pequeña iglesia que estaba un poco lejos, llamada Iglesia Pentecostal Misionera Fuente de Agua Viva. Ahí, percibimos que exudaba el poder pentecostal. Fue un impacto maravilloso. Hace mucho tiempo no encontraba una iglesia con tanta unción. Mi esposo se enamoró del ambiente, eso me sorprendió de cierta forma porque pensé que, por él, nunca haber tenido momentos en una iglesia pentecostal, no le gustaría, pero la respuesta fue inmediatamente clara por parte de él: aquí congregaremos.

Una de las cosas que admiramos en aquella iglesia es el cuidado y celo que el Pastor Wilson y la Hermana Claudia –pastores responsables del templo– tenían por esa iglesia en Mucuripe, en Fortaleza, Brasil. Ella era tan pequeña, pero había ahí un cariño tan grande por la obra y por la casa de Dios, que no había forma de resistirse a querer participar y ayudar.

Decidimos quedarnos. Integrarnos en los ministerios y comenzamos a trabajar. Algún tiempo después, mi lado espiritual no estaba tan bien como antes. Tenía tantas responsabilidades en todas las áreas de mi vida que terminé entrando en automático, y esa es la peor cosa que puede suceder en la vida de alguien, porque no se disfruta de los momentos, va pasando un día tras otro sin notar que el tiempo se está yendo, y yo no estaba aprovechando nada esos momentos.

Continué ayudando en lo que era necesario, pero, dentro de mí, mi corazón no latía como antes, parecía que las tareas del día a día se habían robado mi alegría. Ya no sentía el cielo que antes palpitaba dentro de mí. Comencé a negar mi voz, me sentía inferior al ver personas con voces tan increíbles, le reclamaba a Dios por qué no podía cantar bien, me esforzaba al máximo para mejorar, pero nunca podía afinar. Me fui rindiendo. ¿Qué estaba pasando conmigo? Me preguntaba, ni siquiera pensaba en hablar con Dios, porque llegué al punto de no creer más en las palabras que había recibido sobre mi vida desde pequeña. Hasta los sueños que tenía sobre revelaciones espirituales no me causaban ningún efecto. Cada día que pasaba, sólo veía las cosas malas. Ya no dialogábamos en casa, Camilo y yo no nos veíamos más como marido y mujer, sino sólo como amigos. Todo a mi alrededor se estaba muriendo, y yo no tenía más fuerza para continuar.

Sin vida, sin perspectiva de nada, los días pasaban, y yo parecía no moverme. No me sentía útil para nada. *¿Para qué vivir si no hago nada bien?* Así pensaba. El dolor me destruía por dentro y no sabía qué hacer, porque siempre salían solamente palabras negativas de mí. Ni el maquillaje disfrazaba la tristeza que estaba en mi interior. Me miraba al espejo y no podía verme más. El desánimo se apoderó de mi ser.

Un día, en el escritorio del trabajo, decidí, durante la hora de la comida, ver un video de una chica que hablaba ante una gran audiencia sobre lo acontecido en su vida y lo que había ocurrido después de que decidió cambiar su perspectiva de vida después de reconciliarse con Cristo.

La forma en la que ella hablaba motivaba a las personas a creer en la vida, yo miraba y, en aquel momento, con el rostro en lágrimas, dije en voz baja: *Yo tenía tantas ganas de hacer lo que esa chica hace, hablar con las personas, motivarlas, ayudarlas, pero cómo hacer eso si no tengo la fuerza ni para ayudarme.*

De repente, escuché una voz osada y firme hablando conmigo: ¿Realmente quieres hacer eso? Al principio, me espanté, pero sabía de quién era esa voz, era de Él, era de mi creador. Por la forma en que me hizo la pregunta parecía que Él había mirado al fondo de mis ojos y hablado con voz firme. Entré rápidamente al baño del trabajo e inmediatamente la voz respondió diciendo: No enciendas la luz. En seguida hizo la siguiente pregunta: ¿Te estás viendo al espejo? Yo dije que no. Después me mando a encender la luz del celular y apuntar sobre mi cabeza. Y dijo: ¿Ahora te ves? Yo respondí que sí. Entonces Él continuó: Tú te ves a causa de esa luz y así será mi luz sobre ti, cuando las personas te vean, seré yo a quien vean. En ese instante, simplemente me eché a llorar, parecía que Dios estaba limpiando mi alma por dentro, limpiando cada rincón de mi ser. Allí mismo, en el piso, me arrodillé.

Todo lo que pasó fue como si estuviera convirtiéndome nuevamente a Cristo. Recordé mis memorias con Dios en la iglesia. Volviendo a casa, entré a mi habitación y me pregunté: ¿Cómo fue que me perdí? Parecía que estaba despertando de un sueño profundo de años.

A partir de aquel día, no fui la misma, me miraba en el espejo y parecía otra persona, físicamente nada había cambiado, pero me sentía diferente. Algo extraordinario pasó dentro de mí.

Ojalá que las personas puedan sentir lo que sentí, pues sólo lo entenderían por medio de acciones.

Para poder escuchar y entender, necesité oír el silencio y gritos mudos. Así, comprendí que existen muchos que también están muriendo, como yo estaba. Sin embargo, antes que cualquier cosa, debía tratarme a mí misma para poder ayudar a otros.

Es gracioso el modo en que Dios trabaja, pues, cuando Él nos cambia, nadie lo nota, pero tú sientes todo comenzando de nuevo. Así que decidí que tenía que empezar de cero y fue ahí que realmente empezó el viaje de sumergirme en la Biblia.

Capítulo 11

Llevando al exterior

En todos esos años que viví en el evangelio, nunca había leído la Biblia por completo. Decidí, entonces, iniciar mi lectura. No diré que fue fácil, cuando no se tiene el hábito de lectura, leer un libro grande como la Biblia, no es alentador. Al principio no tenía ganas de leer, siempre pensaba que era una pérdida de tiempo leer durante horas o que cansaba, pues siempre fui muy hiperactiva. Para mí valía más estar en movimiento que estar sentada, concentrada en una lectura. Mi marido, muchas veces, intentó incentivarme en la lectura, me compraba libros de romance, pero nunca me interesaron. Cuando era niña, mi papá intentó también, pero sin éxito.

Cuando decidí leer la Biblia, con toda mi atención, fui descubriendo un mundo fantástico. Comencé a entender cómo habla y actúa Dios, y cómo tomar las debidas decisiones sobre la vida mientras estemos aquí. Muchas veces, lo que buscamos está a nuestro lado, debemos estar atentos a las instrucciones del Espíritu Santo.

Todos los días estaba leyendo dos capítulos, sin importar mi cansancio, me obligaba a leer. Varias veces, con mucho sueño, me levantaba de la cama y caminaba y leía para no dormirme y cumplir mi compromiso.

Muchas veces, en el horario de la comida, en el trabajo, me quedaba en la escalera de incendios del edificio, bien escondida, haciendo mi lectura.

Día tras día me fui sumergiendo en cada historia que leía. Yo quería estar en cada una de ellas, pues parecían tan fuertes e impactantes. Fui entendiendo que todos los personajes de esas historias fueron imperfectos y, aun así, Dios no dejó de usarlos a causa de esto.

Lo más interesante en todo lo que leí fue encontrar un ser sobrenatural que está sobre las nubes y encima de todo. Un ser tan elevado que no puede medirse. Él no me obliga a servirlo, por el contrario, me da una libertad inmensa y termino rindiéndome a sus pies nuevamente.

Aun leyendo la Biblia todos los días, no me convertí en una persona perfecta, pero, cada día que pasa, intento corregir mis errores. Al pasar de los días, vas entendiendo que la idea proporcionada por la Biblia no es ser un extraño en medio de la gente, y sí alguien que desea limpiarse de sus defectos y errores, intentando ser alguien mejor. Creo que una de las etapas más altas que nos permite es volvernos más humanos y más capaces de perdonar y entender que, aunque el otro se equivoque, también debemos acordarnos que podemos equivocarnos, necesitando así una petición de perdón.

Esa es uno de los primeros cambios que Él hizo. Nosotros nos volvemos más humanos. Después, nuestro deseo se vuelve el deseo de Él y acabamos prefiriendo agradarle más que a nosotros mismos.

Poco a poco, ese yo perdido y en mal estado se va encontrando. Supe quién era de verdad y cuál era mi lugar en el mundo.

Una de las cosas que quedó clara para mí fue que, cuando Dios nos quiere usar, Él necesita primero arreglar nuestro interior y nuestra historia. Así es preciso entonces comenzar desde atrás. Tuve que corregir mi pasado y, en algunos momentos, tuve que pedir perdón y también fui perdonada.

Yo había descubierto un mundo nuevo dentro de mí, y estaba apenas empezando, poco a poco mi vida comenzó a ponerse en marcha.

En mis lecturas diarias con la Biblia, Dios me hizo ver el mundo de los libros. Fue entonces que encontré un vídeo del predicador Pr. Tiago Brunet, el cual anunciaba su libro: 12 días para actualizar tu vida. Lo encontré muy interesante y decidí comprarlo. Tuvo un impacto en mí, pues despertó en mí todos los sueños dormidos.

Después de leerlo, comencé a alinear mis pensamientos, hice un autoanálisis de quién estaba siendo en aquel momento, de quién era yo, y en qué me quería convertir.

Fue una fase muy importante para el autodescubrimiento. Todo estaba en proceso de cambio. Recordé recuerdos a partir de los cuales comencé a entender el porqué de que haya tenido comportamientos en mi adolescencia, que no entendían muchas personas a mi alrededor. Entendí también muchas otras cosas que solo me hicieron ver quién era Priscila Mykatila y me hicieron saber cuál era el propósito de mi vida.

Encontré en los libros de autoayuda una pasión insaciable. El libro *El hombre más inteligente de la historia*, de Augusto Cury, me hizo sumergirme más en esa categoría. Comencé a leer tanto que necesitaba poner todo afuera, pues no me conformaba en dejar toda esa información tan preciosa guardada conmigo. Entonces comencé a compartir eso de alguna manera. Fue así que, en un bello día, la llave de mi mente giró.

Capítulo 12

Cómo surgió

Un día en mi casa, tuve la idea de escribir un libro. Vino toda una historia a mi mente. Mientras tanto, cuando ya tenía escritas varias páginas, escuché la voz del Espíritu Santo por dos días seguidos, diciéndome las siguientes palabras: *Todo lo que estás escribiendo es en vano.* Puedes creer que era mi propia voz desmotivándome, diciéndome que parara, pero, cuando se tiene una vida espiritual activa con el Espíritu Santo es más claro identificar cuándo es Él o cuándo es tu mente.

Decidí cuestionarlo diciendo que la historia era buena, pero Él me repetía lo mismo: *Todo es en vano.*

No puedo creer que, después de haber escrito varias páginas, tendré que parar. Pasé días preguntándome: ¿Por qué parar? ¿Por qué en vano? A pesar de los cuestionamientos, decidí parar.

Comencé entonces otro libro, pero sentía que no era el camino que debía seguir para escribir. Entonces, decidí escribir otro y otro, pero siempre que no estaba bien y desistía. Sin embargo, dentro de mí escuchaba una voz que decía: *escribe.*

Llegué al punto en que me quedé sin saber qué escribir y paré, porque todo lo que anotaba aún no era el tema que debía tratar.

Fue un día en mi trabajo, a la hora de la comida, el Espíritu Santo habló conmigo una vez más y me dijo: *No vayas a comer ahora, vuelve a sentarte en tu silla.* Me asusté, pero seguí sus órdenes, volví a mi silla y pregunté: *¿Qué debo hacer?* Me quedé esperando sus siguientes instrucciones, después de un tiempo, el Espíritu Santo me dio la siguiente respuesta: *Quieres escribir. Si me oyes, te diré qué escribir.* Decidí aceptar las instrucciones y esperé. En seguida Él dijo: *Harás un libro de tu intimidad conmigo.* Quedé estupefacta con esas palabras. No creía lo que me pedía. Entonces respondí: Pero son mis secretos, mis experiencias e historias. ¿Quién va a querer leer un libro de alguien como yo? No soy nadie. Apenas una más en este inmenso universo.

Demoré en iniciar este libro, pues revelar mis secretos e intimidades no es fácil, confiar en las instrucciones tampoco lo fue, pero cumplí las órdenes de las palabras que recibí y ahora este libro está en tus manos.

Escribiendo este capítulo, me acordé de cómo Dios escogió a Moisés para liberar su pueblo.

Ni él mismo creía en sí, pero, al asumir las órdenes de su creador, entró a la historia y es recordado hasta hoy por su osadía y obediencia.

En ese nuevo camino, todo eso es apenas el comienzo de los grandes momentos que se pueden vivir y aprender con Dios. Espero que hayas podido aprovechar hasta aquí. Mis secretos ahora están en tus manos. Ahora, te toca a ti dar el primer paso y vivir grandes secretos con Dios.

Bono

El versículo que me impactó.

1 - Por tanto, si ya resucitasteis con Cristo, busca las cosas de arriba, donde Cristo está sentado a la diestra de Dios.

2 - Piensa en las cosas de arriba y no en las de la tierra. Colosenses 3.1-2.

Entendí que ahora mi mente y corazón son enteramente para Él. Colócalo siempre en primer lugar y verás lo que Él hará con y por ti.

La vida tiene sus altibajos, pero necesitamos decidir si queremos parar y nunca ver con nuestros propios ojos la recompensa de Dios, o seguir adelante y disfrutar las bellas y maravillosas experiencias que Él tiene preparadas especialmente para cada uno de nosotros.

Decidí seguir, aun sintiéndome débil, cansada, golpeada por dentro. La fuerza de Dios es mayor que cualquier dolor que podamos pasar en esta tierra. Él tiene el sustento, el remedio para el alma y fue en Él en quien decidí confiar. Yo no soy dueña de mi vida, y sí Él *–Yo sé en quien he creído.* Él no miente, por el contrario, nos revela la verdad para que no seamos engañados con bellezas pasajeras, con amores que se vuelven prisiones. Él no quiere darnos un momento de placer, por el contrario, quiere darnos una eternidad de alegrías.

CONSEJO 1:

Debemos entender que la protección de Dios no viene materializada, que no veremos ángeles con espadas luchando por nosotros y así castigar al perseguidor, por el contrario, la mayor especialidad de Dios en nuestras vidas viene del área sentimental.

Ejemplifico en el cuadro de abajo:

CELULAR	CASA	PERSONAS
Sistema operacional	Cimientos/ Paredes/ Ventanas	**Sentimientos**
Hardware	Cuarto, sala, cocina...	Órganos internos. Ej.: cerebro...
Aplicaciones	Muebles y accesorios de decoración	Habilidades, cualidades
Carcasa	Revestimientos y pinturas	Cuerpo

Así como todas las cosas, el ser humano también tiene un punto de partida de origen, que es llamado sentimiento. Con ese punto, nosotros escogemos todo lo que vamos a hacer y vivir en esta tierra, y es por eso que es estrictamente importante que Dios sea administrador de tus sentimientos. Si dejamos que Dios cuide nuestras emociones, sabremos administrar el resto.

Ese es el motivo por el cual tuve tantos momentos increíbles en mi vida. Aprendí a guardar mis sentimientos y dejé a Dios administrarlos para que tuviera el control total y el equilibrio en todo.

Busca alimentar tu mente con el Espíritu Santo y la Biblia todos los días y acuérdate que lo más importante no son las cosas que tienes y que conquistarás, sino todas las experiencias que viviste en Su presencia.

CONSEJO 2:

Es necesaria la disciplina para la mente todos los días, pero no podemos dejarnos distraer con cosas momentáneas.

Cotidianamente, tres verbos muy importantes pasan por nuestro día. Prestarles atención hará una diferencia extraordinaria.

Sirve independientemente de la persona, agrega nuevos conocimientos a tu intelecto y vive el ahora con la mente y el cuerpo juntos.

El hoy es un presente que Dios te proporcionó y, por eso, son necesarias las decisiones asertivas. SIRVE, APRENDE y VIVE, pues así, sin darte cuenta, estás construyendo un gran futuro. Gracias por escoger este libro y espero haber contribuido a tu crecimiento. Ahora ya conoces MI SECRETO

Si este libro te ayudó de alguna forma, compártelo con alguien o preséntaselo, para que más personas puedan encontrar su camino en esta vida y renazcan en espíritu y en verdad.

MIS REDES SOCIALES:

Instagram: mykatila

Facebook: mykatila Araujo

Youtube: mykatila Araujo

Spotify: Myk Cast